短歌遠足帖

東直子・穂村弘

ふらんす堂

まえがき

同じ場所に行って短歌や俳句などの作品を創作することを、吟行と呼びます。これが楽しいのです。

複数の人と旅行に行って、あとでそのことが話題になったとき、共通して話題になることもあれば、「あれ、そんなことあったたっけ?」と他の人の記憶からこぼれ落ちていることもあります。あるいは、忘れかけていたのに、誰かが話題にすることで、鮮やかに思い出せることも。同じ場所、同じ時間を共有しても、人によって記憶の刻まれ方が違います。吟行は、そんな差異を作品を通じて分かち合えるのが楽しく、又、別の人が捉えた言葉を読むことによって、過ぎ去った時間を新しく味わい直せる喜びがあります。

穂村弘さんとは、短歌を通じて様々な企画をご一緒してきましたが、今回、遠足のような吟行の楽しさをお伝えするため、ゲストを迎えて短歌を共有する企画を実行し

ました。一緒に吟行をして、その短歌作品を読んでみたい、語り合ってみたいと切実に思う方々にお声がけさせていただきました。ほんとうに恐れ多いことと思いつつ、楽しい時間をご一緒できて、とてもうれしかったです。心より感謝申し上げます。

しかし、最初にご参加いただいた岡井隆さんとの動物園吟行が、二〇一二年の一月。最後の、川島明さんとの大井競馬場吟行が二〇一五年六月。いずれもご参加いただいてから、それぞれたいへん長い、長すぎる時間が経ってしまい、ご参加くださったゲストのみなさまには、たいへん申し訳なかったです。

やっとまとめたゲラをチェックしている間に、世界中で新型コロナウィルスによる感染が広がってしまい、人と会って話をするということさえ困難な状況を経験することとなってしまいました。

動物園、神社仏閣、東京タワー、博物館、美術館、競馬場。穂村さんとすばらしいゲストの皆さんと、そしてふらんす堂の山岡有以子さんと巡った場所の数々の楽しさとその時間のかけがえのなさが、今あらためて身に染みます。

どこかに行く。なにかを見る。会話する。歌を詠む。感想を伝えあう。

とてもシンプルなのに、とても奥深い時間だったと思います。

「家に帰るまでが遠足です」という、遠足に行く前の児童に贈られる校長先生の言葉の決まり文句がありますが、吟行は、作品を読み返すたびに追体験できる遠足のようです。

各回のカメラマンの方が、我々の目に留めたものを繊細にキャッチして、たくさんのすてきな写真を残して下さいました。歩いている間は、なにが作品にできるか分からずにいるのですが、素材にしたもののほぼすべてが写真としても残されていて感激しました。

尚、吟行当日の季節に合わせて出された二十四節気の題を詠み込んだ歌は、事前に編集部から宿題として課されたもので、吟行の直前に作った作品です。ただ、吟行で作った歌と同時に出したので、吟行でのことが加味されていることもあります。

いずれにしても、できたてほやほやの作品を、みんなでわいわいと鑑賞しつつ仕上げていく様子を一緒に楽しんでいただければ、嬉しいです。

東　直子

二〇二〇年四月一八日

目次

短歌遠足帖

岡井隆（歌人）in 井の頭公園

東：では記念すべき歌会を始めましょう。吟行は久しぶりでした、いつぶりだろう。

岡井：井の頭公園の動物園、面白かったなあ。久しぶりに。

穂村：淋しい風景でしたね。象のはな子さんが淋しさのかなりの部分を占めてる（笑）。

岡井：かわいそうだったなあ。

東：生きる淋しさが詰まって……よくがんばって生きてますよねえ。

岡井：しかし、あの感じだとそう遠くないかもしれないねえ。

東：でも十年前に来たときももうだいぶ歳とった感じがして、いつまで生きるかなあと思ったけど、まだ生きている。

穂村：ゆらゆらしてましたね。

東：うん。あの動き方は他の象では見たことないですね。

岡井：やっぱり象はあんな感じじゃなくてねえ、もっと堂々としていてほしい。

東：あんなに無駄な動きはしないですよね。

穂村：仲間がいれば、もうちょっと元気なのかなあ。

岡井：そうでしょう。

東：三鷹市が、象をここに連れてきたいって要請したって、説明ボードに書いてありました。だからはな子からしてみれば、無理矢理上野から井の頭に連れてこられたようなものですよね。多分あの園の大きさでは、二頭は飼えないんでしょうね。

岡井：飼えないでしょう。

東：では岡井さんの一首目からやっていきましょうか。

実験用山羊を殺《あや》めし若き日を語りつつ指《さ》す黒き牡山羊を　岡井隆

東：動物園を歩きながら、実験用動物の話をされましたよね。その時の内容は山羊ではなかったと思いますが。

岡井：そうそう、山羊じゃなくて兎でした。

東：でも山羊の方が迫力があります。

岡井：そう、迫力が。羊はよく使ったんですよ。

でっかくてねえ、ものすごい獰猛でね。羊がおとなしいなんてのは大嘘。

東：そうなんですか？

岡井：ものすごい力。たくましい獣医さんが、ぎゅうっと押さえ込んで注射するんですよ。まあ僕は大きいものではこのへんの動物くらいかなあ。牛は殺してワクチン作ったりなんかするんだけど、それが終わった牛を見に行って、その心臓をもらって、それを実験用に使ったりね。そういうことはやったけどねえ。やっぱり一番大きいのは羊かなあ。

東：羊は何に使ったんですか。

岡井：多分僕はその時心臓が欲しいと言ったから、心臓をくれたんじゃなかったか。僕は小さい動物から大きい動物の進化上の気管支動脈の研究をやってたもんですから、一番小さくてラット、鼠から牛まで行って、猿をどうしようかって考えたりしてました。山羊は殺したことなかったけど、羊は、たしか心臓もらったから、殺したと思いますねえ。

東：私はそういう、実験で動物殺したっていう記憶はないので、動物園っていって連想することが全然違うんだなと思いました。山羊を見ても、黒さ

の意味あいが違うんだなと。この「黒き」っていうのが非常に効いてるなと思いました。

岡井：今日は黒いのと、白いのと、黒白のと、三頭いましたね。

穂村：普通、動物を「殺す」となると、食べるっていうパターンがあるんだけど。この歌は出来事自体が特殊で、普通の人はしない体験だから、リアリズムといっても、やっぱりそこの強さがありますね。それを「実験用」っていう言い方で、こちらに手渡しているっていうところ。あとは、何だろうなあ。実際にはその、この「若き日」っていうのがすごく眩しいもののように見えてくる。今の岡井さんには山羊殺せまいみたいな（笑）。

岡井：ははは。

穂村：山羊って、かなりでかいですよね。兎とは全然違う。実際にはそんな殺し方しないんだろうけど、がっと摑んで殺すみたいなイメージがあって、まだ血気盛んで、医学的野心に燃えていた若い日の眩しさが、この歌からはすごく伝わってくる。

岡井：そういうふうに読んでいただけると、とてもうれしいですね。

東：眩しさとその、やっぱり自分のなかにある残酷さへの懐古ですよね。

岡井：そうそう、そういうこともあります。実験動物は、世界中に今の瞬間もたーくさん殺されてる。でもその事を言う人はあまりいない。それはやっぱり、残酷さがいやなんだろうねえ。本当は、牛肉、ビフテキ食べてるときも、向こう側に殺されてる牛がいるんですけど、これは言いませんよね。

東：そう、人間生きているということはものすごい矛盾をはらんでいて。それを突きつける強さがある、この歌には。

岡井：そうそう。

穂村：やっぱこの歌はマウスじゃ成立しないんだな。「実験用マウスを殺めし若き日よ」これだとあまりにも力とサイズの差がありすぎて。まかり間違えればやられるような手ごたえがある動物だから、成立している。そうすると、医学的な行為だけじゃなくて文学的にも山羊を殺めてきたんじゃないかって。

東：そういう実験のスケールの大きさですよね。文学的な実験を岡井さんはずっとされてきたわけだから、それは山羊でなければならない。牛でも違うんですよね、牛は家畜だから。

岡井：そうですねえ、牛だと家畜だもんね。まあ山羊も家畜の場合もあるわけだけど。

東：山羊ってどこか野性味を帯びてますよね。『三びきのやぎのがらがらどん』っていう、魔物に打ち克つ山羊の絵本があるんですけど、やっぱり山羊って、そういうスケールの大きい力を秘めてるような動物です。

穂村：羊よりも山羊なんだね。

岡井：スケープゴートっていうときの「ゴート」も山羊ですよね。あれ結局野に放つわけでしょう。強いんですよ、やっぱりあれね、きっと。

穂村：この歌は「白き牝山羊を」じゃ、やっぱり駄目なんだね。

東：若き日を語りつつ、黒山羊をまた狙っている怖さがあります。

岡井：実験やってる人は悪者なんだよね、ある意味からいうと。でもそれを自覚してたら、毎日生活できないから、まあ忘れてるんだろうねえ、きっと。

穂村：なんか人類のためにっていうことなんだけど、そういう感覚そのものが今希薄化しているから。文学的にも、そういう感覚があった時代の眩しさっていうのかな。今みんな自分のために短歌を作るけど、「第二芸術論」で叩かれた短歌のために実験するみたいな、そういうニュアンスはないですよね。

岡井：やっぱり、今の時代で自然に人間がそうなってったんですかね。

穂村：そうですね。

東：小さい頃からの教育方法とかも、昭和の親って怖くて、どなったり叩いたりしてたけど、現代は絶対どならず、絶対に叩かずっていうやり方みたいなものが正しいっていうのになっているので。そういうふうに育つとやっぱりもう、山羊は殺さないですよね。

岡井：そうですねえ、僕ももちろん子供叩いたことなんかないけど、実際に叩けない。僕の父親が僕を叩いたときの、そういう感じにならないんだなあ、やっぱり。

東：でもその方が生きやすいというか、子供にとっては育ちやすい。

岡井：そうですね。

頭蓋骨のくぼみに日本の影ためて老象はな子のっしり遊ぶ　東直子

東：見た目のとおりというか、頭蓋骨の窪みに、はな子来日六十年の歳月がたまってるような……。

岡井：「日本の影」というのはいいなあ。本当にそうだね。

東：戦後からずっといるという感じ。上野にもいましたけど、ほとんどずっとこの吉祥寺にいるんだと思うと、すごいことだと思って。

穂村：アジア象で、タイ生まれだから、外国人じゃなくて外国象、なんだね。来日していくら時間がたっても、外国象は外国象で。それであとはこの「日本の影」が、物理的にもたしかに影を帯びていたけど、彼女が、幸福そうじゃないっていうことなんですよね。それはやっぱり日本が、彼女を不幸にしたっていう感じは否めなくて。そのことをふまえてこの「日本の影」っていう言葉を読むと、物理的な影であると同時に、彼女に暗さを与えてしまった日本というものの影っていう、二重の意味がそこには込められていて、素晴らしいなというふうに思いました。

岡井：今日見たなかでやっぱり、あの象は、ああ、印象的でしたねえ。

東：他の動物はそれぞれに、何か守られていて。ふさわしい寿命をふさわしく、あたたかく生きている感じがするなかで、はな子だけが、非常に無残な感じで、さらされている感じがしましたね。

岡井：そうでした。途中で、自分の部屋へ入ってっちゃうと、「はな子は今部屋にいます」なんていう看板が出たりしてねえ（笑）。

東：部屋も見に行きましたね（笑）。部屋のなかでも相変わらずうろうろしてて。外にいるときより少し落ち着いてました。

岡井：なんかあの象自身が憂うつそうだよねえ。

東：もう、誰にも救うことができない感じがしました。

穂村：やっぱりのっしり「歩く」とかじゃなくて「遊ぶ」にしたところに、何だろうなあ、救いをみようという、感じなのかなあ。

東：なにか、ただ歩いているのじゃないというのを出したくて、すごく迷ったんですが、ここは。のしのし歩くじゃないし。

岡井：遊んでる感じでしたねえ、こっち側に越えてみたりねえ。向うへ行ってみたりしてたし。

東：あれはあれで、内面では幸せなのかもしれませんよね。

岡井：そう、はな子さん自身は、あそこで毎日ああやって遊びながら、それはひとつの、慰めになってるでしょうね、きっと。いい歌じゃないですか。

東：ありがとうございます。

「どっちからきたんだ、これからどこへゆく、あっちですか」と動物園で　穂村弘

穂村：岡井さんの言葉をそのまま歌にしました。

岡井：はははは、情けない（笑）。

東：岡井さんを観察してたわけね（笑）。

穂村：動物園まで来て、岡井隆氏を観察する。

岡井：でも「どっちからきたんだ、これからどこへゆく」って、我々の、人間の、あるいは日本人のというか、現在の状況を案外象徴してるかもしれない。

東：そうですね、象徴してますよね。「我々はどこから来たのか　我々は何者か　我々はどこへ行くのか」って、ゴーギャンの絵のタイトルのように。

岡井：どうしてこういう根本的なことがこの頃、わかんなくなってきちゃったんだろうね。原発だけじゃなくって、一体どうなるんだ、どこへ行くんだ、日本ってどうなるんだって、みんな思ってますよ。

東：思ってますね、若い方も。

岡井：以前はね、ここまでは深刻じゃなかった。自分たちが何かやれば、少しはドアが開くかなと思ってたじゃないですか。それが今は、自分たちの力がもうまったく信じられませんし。

東：何か、自分たちの力がまったく及ばないものに、思い知らされて。

岡井：そうそう。「と動物園で」っていうのがいいじゃないですか。

東：動物園っていう、結局人間社会も動物園のようなものであるっていう。新たな認識が。

岡井：飼われてるんだなあ、みんな。

東：そうなんですよ。そういうこと思い知らされた。計画停電で電気が止まるっていうのを急に聞かされたときに、すごく恐怖心ありましたよね。何もできないじゃないかっていう。昔はそんなものなくて、たかだか七十年ぐらい前なんて何もなしでやってきたのに。もう本当にそんなことになると困るという、実は国に飼われてた動物のようなものだったんだっていう。

岡井：江戸時代までは、「蛍の光窓の雪」だったわけで、それで本読んでたと。あそこまで戻れますかって言われたって、戻れるわけがない。だけど今の原子力行政やらエネルギー行政みてると、もう誰ひとり、こうなればこうなるなんていう確信持って言ってる人なんかいなくて、曖昧模糊なこと言ってるわけだね。

穂村：子供の頃、家族で行った上野動物園と、今日、三人で行った井の頭動物園の、この違いですよね（笑）。感覚的な違い。

岡井：違いますねえ。

穂村：子供の頃は、なんかものすごくキラキラしたもののように感じたけど、イルカショーにしても、動物園にしても。今日はなんか、岡井さんが、「どっちから来たんだ、これからどっちへ行くんだ、あっちですか」って言ったのが、すごく印象的でしたね（笑）。

東：このままおっしゃってたんですか。

穂村：ほぼ。その時は「我々」って言ったんですよ、岡井さんは。でも短歌では「我々」は言いすぎかなあって。それこそゴーギャンの絵のタイトルそのまんまになっちゃうからね。

岡井：学生の頃に、女の子と動物園デートしたり植物園デートしたりして、名古屋にも、東山動物園って有名な動物園があって、けっこう遊んでるんだけど、今日見て回っても、その時感じた明るさっていうかなあ、ないですねえ。ああいう時の気楽な感じっていうのが、年齢もあるんだろうけど。いやどうも、恐れ入りました。

はばたいて襲ひたからうが今しばしそこに居《を》られよ大みみづくよ　岡井隆

岡井：じゃあ私の二首め。「大みみづく」さんに呼びかけたんですけど。

東：「大みみづく」って、敬語使いたくなりますよね。

穂村：ふふふ。

岡井：そう。敬語使いたくなる。だいたい木菟とか梟っていうのは、昔からわりと尊敬されてるんですよね。それこそギリシャの昔から、知恵のある、拝んで教えてくださいっていうような対象になりやすい。だから、「そこに居られよ」って言って。

穂村：何か、向うの方が、格が上のような、向うの方が思慮深そうな雰囲気があります。

岡井：そう。格が上。

東：「大みみづく」だと、力も、我々より持ってるような。

岡井：今日の大木菟立派でしたねえ。

東：立派な脚でねえ、素晴らしかった。

穂村：あの脚がすごかったですねえ。

岡井：すごかったですねえ。

東：美しいですよね。「はばたいて襲ひたからうが」っていう、力を秘めていて。でも今はここにいるっていう。

穂村：基本的に岡井さんの発想はやるかやられるかなんですよね（笑）、僕らあれ見てこう思わないですよ。

東：そう。

岡井：はははは。そうかそうか。

穂村：山羊もそうだし、木菟も（笑）。発想が、オスですよね。

岡井：そうか、本性が……私の本の『わが告白』（新潮社）も、そういうこと言ってきた女の人がわりといたな。あれはオスの論理でね、上田三四二が言うとおりだよ、「岡井さんは本当にね、オス的論理でみんな書いてて、我々メスっていうか、我々女の方からすると、ほーんとにねえ、乱暴っていうか、自分の勝手な論理で書いてるとしか思えませんよ」なんてって、言ってましたけど。

東：でもあれだけ切り込んで書いてくれる本は他にないので、非常によくわかって、興味深かったです。読み始めたら止まらない。

岡井：そうですか？

東：なるほど、こういう時はこういうふうに男の人は思うのかって。なかなか誰も書かないですよね。

岡井：書かないですね。特に今の人たちは書かないですよね。

東：貴重だと思いました。歌に戻りますが、「大みみづく」が、理知的な感じでそこに立っていたとしても、中には襲いたいという意思を秘めているという感覚を持つっていうのが。

岡井：そうか、本当にそうだね、僕は常に、そういうことかもしれない。

東：不穏なものを抱えている感じ。今は全体にやさしい歌が多いので。

岡井：流行らないって言えば流行らないんだろうな。

東：つつくと血が飛び散りそうな。いいですね、こういうの（笑）。

穂村：やっぱり、自分のなかにはばたいて襲いたい欲求のある人が、「はばたいて襲ひたからうが」って他者の心もそのように詠むんだと思いますね。

岡井：ははは、そういうことですか。

東：リアルな感じがします。

穂村：確かにあのくちばしや爪を見ると、潜在的な攻撃力をすごく感じますけど。

東：そう、爪はすごかったですよね。

岡井：すごかったですねえ。やっぱり大木菟っていうのは、特殊な、北の方の動物でしょう。

東：あそこまで近くで見られるの珍しいですよね。猛禽類って割と広いところに放ってあることが多くて。

岡井：あれ、鼠とかそういうのを、ギュって捕まえてバンバン食べてるわけでしょう（笑）。

東：目はキョロっとして可愛いんですけど、すごくギャップがあって。岡井さんの目にそっくりでした。

岡井：ははは。
穂村：あと「襲ひ」とか「大みみづくよ」みたいな音が……。
東：ああ「お」の繰り返しが。
穂村：あと、「はば」「おお」「みみ」とかの繰り返しも迫力を増していますね。
岡井：どうもありがとうございました。

飛んでごらんと言うまでもなく飛ぶ猿の心のままに手放す言葉　東直子

東：猿って、まったく躊躇することなく、落ちると下が固そうなのに、軽々とどんどん飛んでる。
岡井：子猿は特に、見事でしたねえ。
東：恐れも知らず、ひょんひょん。誰に教わることもなく飛べる猿ってすごいなと思って。そのように、軽々と言葉も手放せたらなとまあ願望のようなものですね。もう歌がぜんぜんできなくって（笑）。
穂村：「飛んでごらんと言うまでもなく飛ぶ猿の」までが、序詞的なもので。「心のままに手放す言葉」っていうのがまさに東さんの側の感覚で。その猿のように、言葉を手放したいみたいな、そんな歌なんですかね。だから実景なんだけど、短歌的な短歌になっているというか。たしかに実際に見た、あの飛び方の感じがこもっているなというふうに思いました。
岡井：あの猿山も面白かった。
東：日本の猿かと思ったら、違いましたね。
岡井：あれ日本の猿じゃなかったんですか。
東：インドだったかな。アカゲザルという種類でした。
岡井：「心のままに手放す言葉」、いいじゃないですか。
穂村：東さんはできるほうですよ、僕らに比べればはるかに、子猿的に心のままに（笑）。
東：なんかそれ全然、褒められてる感じがしないですよ（笑）。
穂村：恐れのない。
東：ずっとそういうこと言われ続けてきたので。もっと、梟の、大木菟のようになりたい（笑）。

穂村：これからなるんじゃない。

岡井：ははは。

東：ありがとうございます（笑）。

年齢割る二足す七とは理想的愛人年齢　モモンガ飛んだ　穂村弘

穂村：最初はこれ、「モルモット抱く」にしようと思ったけど、あまりにベタだなと思って。この、数式はある本のなかで習ったんですよね。

岡井：へええ、そうなんですか。

穂村：男性の年齢割る二足す七が、常に、その男性にとっての理想的な愛人の年齢だと。だから四十歳の人には二十七歳の愛人だし、五十歳の人には三十二歳の愛人、六十歳の人には三十七歳、八十歳の人には四十七歳、という数式があると。それでこの「モ」の字が、漢数字の「二」と「七」を足すと「モ」になるから、最初モルモットでいいかと思ったけどちょっと生々しいなと思って。

東：ああ、「二」と「七」で「モ」、なるほどね。そうするとものすごく機械的な感じね。「モモンガ飛んだ」がいいですね。その愛人が、するっと逃げて、飛んでっちゃうみたいなイメージがあります。

岡井：これは、動物園とは直接関係ないの？

穂村：「ふれあいコーナー」でモルモットが抱けるんです。

岡井：そうかあ……。「年齢割る二足す七とは理想的愛人年齢」っていうのは、誰が、どこで決めたんですか。どっかにそういう本が出てる？

穂村：僕は本のなかで読んでいろいろ頭のなかで計算してみてなるほどーと。

東：じゃあ毎年変わるんだ、理想の年齢が。

穂村：百歳の人にとってはだから歳が五十七歳の人が理想的なかんじ。

東：へえ。すると、岡井さんの奥様は割と理想的な（笑）。

岡井：ちょうどこのぐらいですね。ああ、いやあわかりませんねえ。今度もだいぶインタビューでそれ聞かれてねえ、三十二歳違う人とどうやって生活できるんですかなんて。そんなこといちいち

答えないけど、「いやあ、年齢なんて、一度も意識したことありませんねえ」って言うよりしょうがなくって。「ごく自然な感じですなあ」なんて言ってるんだけど。新聞記者の人がみんな羨ましそうな顔して僕に聞くんだよね（笑）。だからさ、答えにくいんだよ。ちっとも羨ましがられることなんかないですよ。実際問題としては、いろいろ大変なんで。

穂村：六十代のときに二十代の奥さまと知り合われたんですね。

岡井：そうですねえ。

穂村：それがすごいと思う。

岡井：そうですか。それだって、ごく自然なのにな。だって両方とも、普通の成熟した男性と女性だったら、年齢と関係なく普通出合うじゃないですか。

穂村：でも二十代の女子から見て、六十代は成熟しすぎてますよ、ちょっと（笑）。

岡井：はははははは、そうかあ。

東：でも二十代はわりと、六十代初めだったら……。

穂村：圏内？

東：知りあいの女の子が、二十歳過ぎなんですけど、五十過ぎの人、そのぐらいが一番かっこいいとか言ってますよ（笑）。そうすると、そういうことになるんですよね。

穂村：でもそうなるってくると父親より年上とか。

東：十四歳のときの初恋の人、五十四歳の警備員のおじさんだったって（笑）。

穂村：おお！

岡井：ははは。

東：でも男女逆はないですよね、「女性の年齢割る二足す七」ってない。

岡井：ああなるほど、逆の可能性もあるのか。しかし、年下っていう感じってのがねえ、女性から見ると、どういうふうに見えるのか。可愛らしいって見えることも大いにあると思うんだけれど、何言っても聞いてくれるし、そういうこともありますわねえ。僕も年上の女の人と付き合ったからわかるんだけど、途中でやっぱりどうしても、こういうことがわかってないんじゃないだろうか、こういうこともわかってないんじゃないか、自分たちがわかってることが、この男にはわかってないんじゃないかっていう気持ちが、出てくるのかなあ。

東：多分、どこかお姉さんとか、お母さん的な役割を求められているんじゃないかと私も思います。

岡井：そうそうそう。それを求めるタイプの男の場合だったらいいんだけどね。

東：男の人って、母性的なものを、みんな求めてるような気がしてるんですけど、そうでもないみたいですかね。

岡井：そうでもないんじゃないですか。

東：岡井さんそんな感じではないですよね。穂村さんはちょっと（笑）。

穂村：（笑）。

岡井：この歌で、「モモンガ」っていうのがやっぱり、難しいかな。動くっていうの？　モモンガでなくてもいいという。

東：ああ。言葉が動きますか。

穂村：なんかあんまり綺麗な鳥やリスじゃあいけないような気がしますよねえ。モモンガぐらいのちょっと怪しい……。

岡井：ああ。

東：これ「飛んだ」っていうのはどういう。

穂村：モモンガって飛ぶでしょう。

東：うん飛ぶけど。この付け合せ的に、なぜ飛ぶイメージが。

穂村：うーん、何でかなあ。モモンガといえば、滑空するイメージが、邪念が発動したみたいなイメージかな。

東：ああ、なるほどね。

岡井：あれ、体の一部を拡げるんですよね。

穂村：なんかコウモリとかモモンガぐらいのイメージで。

岡井：動物園という環境が、いろんな動物的連想を生んで、モモンガになったと考えれば、別におかしくもなんともないんだけど。「愛人年齢」までがやや理屈っぽいから、この最後のところもう少し、叙情的っていうか、やわらかく出てもいいかなという、感じはしたんだけど。まあ穂村さんはあんまりそういうことやんないからなあ（笑）。

穂村：叙情的だと、本気っぽくなりすぎるかなと。

岡井：ああ、そうか。それもちょっと困るんだなあ。

東：少しギャグにしたいところがあるわけね。

穂村：うーん。なんとか撫でるとか、なんとか愛す、ではちょっとヤバイ感じがする。
東：やっぱりちょっと、表現が飛んでいないとっていうことですね。この可笑しみが救いにもなるということですね。でも「二」足す「七」が「モ」になるっていうのは言われないと気付かない（笑）。
穂村：わかんないかなあ（笑）。僕ならわかるんだけどなあ。
東：これは、今日思いついたんですか？「二」足す「七」が「モ」っていうのは。
穂村：これはそう。最初モルモットで、あ、「モ」は「二」足す「七」だって。
東：そこから発想したんだ。
穂村：「モ」の動物あと何かいないかなって。
東：「二」足す「七」とで「モ」になりてとか、詞書でもいいのかな……でもそんなの種明かしすると、薄いですよね。

同行の二人の秘めし歌力《うたぢから》老いたるゾウは知るわけもなく　岡井隆

岡井：まあこういう歌会っていうのは、吟行もそうだけど、座ですからねえ、座の文芸だと僕は思ってて、座のおふたりに向ってご挨拶を申し上げたんですけど。
東：さすが（笑）。
岡井：さっきから、穂村さん僕に向って、挨拶句なのか皮肉なのかわからんけど一生懸命そういうのを作ってらっしゃるけど、僕は三首のうち一首はそういうのを。あの老いたる象は、本当に哀れな感じがして。特にこの「老いたるゾウ」っていうのは僕が自分自身と重ね合わせてるんですけれど、おふたりの歌力に比べると、もう比較にならないよって言ってるわけなんですけれど。
穂村：あの象の、何か外界を遮断してしまったような、心を閉ざした感じが印象的でしたよね。
岡井：そうでしたねえ。
穂村：なぜ動物なのにあそこまでそれを感じさせるんだろうっていう、それほどに我々に対して心を閉ざした感じがあって。何かもう憎しみを通り越してしまった絶望が、あの象からはすごく感じら

れましたね。

岡井：単純に言うと、淋しそうだったねえ、本当に。いったいおたくどうするのよ、これからって言いたくなっちゃって。それでじゃあじーっとしてるかっていうと、あっちへ行ったりこっちへ行ったり、鼻で輪を受けてぴゅんなんて音立てて遊んでるみたいにも見えるし、でも何となくあれは、他にやることがないからやってるっていう感じもあるし。

穂村：「歌力」っていう言葉が、使いそうであんまり使わない言葉だから、この力が、力といえば象みたいな。象の秘めたポテンシャルはやはり力だっていう感じが。あんなに元気がなくて歳をとって、女の子の象でも、それでも本気になれば我々全員を軽くやっつけられるっていう、そういう目で象を僕も見てしまったけれど。

岡井：そうですよ、馬鹿にしてあんなところ入っていったらやっつけられますよ。ばーんと（笑）。

穂村：そうすると岡井さんも我々の秘めし歌力など問題にもせずに鼻でばーんと。

岡井：ははは、違いますよ、これは。

穂村：何か、今、踏んだよみたいな（笑）。

岡井：ははは、はい、どうもありがとうございました。

死んでいるようでもあるが生きている毛穴すべてに毛をそよがせて　東直子

東：冬なので寒くて丸くなって寝ている動物たちをたくさん見て、「体重ねて」とかいろいろやってたんですけど、最終的にはこんな歌になりました。
岡井：たくさん寝てましたね。みんな、丸まって。
東：そう。兎も鼠も、鼬《いたち》みたいなのもみんな、同じように見えましたね。
岡井：そう。狸もね。冬だから寒いってことも多少あるのかな。
穂村：なんか「毛穴すべてに毛をそよがせて」っていう言い方が新鮮な気がして。普通は、毛が主で毛穴が従なイメージがあるんだけど。言われてみれば当たり前、なんだよね。毛穴すべてに毛があるっていうのは。その反転された言い方がおもしろいなっていう。
岡井：そうですね。
東：生えてる木が全部冬木で、葉っぱが落ちてて。そうすると葉っぱがあるときには見えない葉のつけねや枝のつけねみたいなものが見えて。それと、今は毛しか見えてないけどそのつけねと、想像がちょっと結びついたので、毛穴のことを思った感じですね。
穂村：冬の動物って冬眠のイメージもあるから、あれって「死んでいるようでもあるが生きている」状態ですよね。何か人間も、僕なんか冬、眠くて、なんか寒いとすぐ眠くなっちゃうんだけど（笑）、やっぱり冬眠の感じがあるのかなと。
東：ずっと眠っていたいような気持ちになりますよね、冬。冬眠っていうとやっぱり熊ですかねえ。
穂村：真っ先にイメージされるのは熊な感じがしますね。テンが気持ちよさそうに寝てたよね。
東：こんな柵の一番上に、ハクビシンが寝てたの気付いた？
穂村：あそこがいいのかねえ、居心地としては（笑）。
東：寝てたら落ちちゃうんじゃないかと思うんですけど。
穂村：寝返りとか打たないのかなあ。
東：ロープに干した布団みたいにふたつ折りになって寝たりするらしいですよ、ハクビシン。それで安眠できるのかと（笑）。
穂村：穴の中とか狭いところに入って寝たい気持ちはわかるんだけど、ああいう棒の天辺とかで眠りたい気持ちはわからないねえ。
岡井：なんか不思議な身体感覚で、絶対落っこちないんだねえ、ああいうの。
東：だからそれもなんだか死んでるように見える

んですよね。そんなところで、生きてたら怖くて　寝てられないだろうとか。

逆光のスワンボートへ告白のごとく近づく岡井隆は

穂村弘

穂村：最初の案では、「曇天のワシミミズクへ」だったんだけど、どうも「曇天のワシミミズク」と岡井さんが近すぎて。

岡井：ははは。

穂村：もうちょっと異質な女性的な動物に近付いて欲しいなと思ってこっそり見てたけど、なんかこううまくいかなかった。それで今日行かなかったけど、井の頭公園にあるものをいろいろ当てはめて、これが一番「告白」の感じに合っているなあと。

岡井：そうですか。

穂村：挨拶歌ですね。

岡井：あのスワンボートってけっこう、ずっと奥まで漕いで行くとけっこう面白いって言えば面白いんだなあ、あれ。

東：井の頭公園の?　そうなんですか。

穂村：漕いだことあるんですか。

岡井：そう、井の頭公園でありましたよ。誰と漕いだかっていうことは言いません（笑）。

穂村：いつの話ですかそれ（笑）。

岡井：いつの話とも言わないけど（笑）。

穂村：言ったらまずいですよねえ（笑）。

東：まだ告白できないことあるんだ（笑）。

岡井：あれずっと行くと井の頭線の駅の手前のとこまで行くんですよ。

東：へえ。

岡井：え、皆さんあれ漕いだことないですか。

穂村：ないです。

東：井の頭公園はないですね。

岡井：ああそうか、私はやっぱりそういうところ子供っぽいっていうか単純なんだなあ。

東：ええええ!

穂村：そんなことしてるなんて!

岡井：相手が「乗ろうよ」って言って「そっか、じゃあ乗ろうか」って。漕ぐのは男に決まってるわけだから。

穂村：岡井さん漕いだんですか?

岡井：そうそう（笑）。
東：若いときかどうかは言えない（笑）。
穂村：だってスワンボートそんな昔からあったっけ？
岡井：いや、ないない。昔はなかった。昔は普通のボートでね、スワンボートできたのそんなに昔じゃないですよ。
東：じゃあわりと時期が（笑）。「逆光の」がいいですよね。
穂村：スワンボートって乗っちゃうと、自分たちには全然スワンがわからない。
岡井：全然わかんないしねえ、あんまり乗り心地のいいもんじゃないですよ。普通のボートの方がいいです、やっぱり。
東：自転車みたいに漕ぐんですよね？　ペダルで。
岡井：そうそうそうそう。
東：あれってふたつ付いてるんじゃなくてひとつなんですか。
岡井：ひとつだったように僕は思ったけど、ふたつですかね。忘れましたけど。「告白のごとく近づく」っていうのが。
東：逆光なのでよく見えないところに向っていくの

が、岡井さんの性質を非常に端的に言い得ている感じがしますよね。そこにもしかしたら恐ろしいものがあるかもしれないが、敢えて告白していく、文人としての矜持みたいなものがかかっているのを感じます。

岡井：告白って、コンフェッションってのは、神父さんの前でやるとか、そういう「告悔」っていうのと似てるんだろうけれど。「告白録」っていうのはたくさんあるけれど、やっぱり誰に向ってやるのかっていう。アウグスチヌスみたいに、キリスト教の神様ってはっきり決まってる人は別だけど、果たして、ジャン＝ジャック・ルソーなんてのは誰に向って告白するのか。日本でも「懺悔録」っていうふうに訳してるのと、「告白」っていう訳のとある。「懺悔」っていうと、自分が悪いことしてすみませんって言ってる、そういう感じだけど本当にそれでいいのか、もっとそうじゃなくて自分の、秘められたものをみんなの前で公にしていくっていうのがコンフェッションなのか。

東：日本の「告白」だと、愛を告げるっていう意味にも使いますよね。

岡井：そうですね。そういうことも大いに。

東：『告白』という湊かなえの小説もあるし。語ることによって、暴いていくという。あと町田康さんの『告白』（中公文庫）、あれは河内十人斬りの話ですよね。いずれも懺悔的なものをからめて「告白」と言ってるんでしょうね。

岡井：普通懺悔の場合だと罪の告白だから、するとその罪がどっかに届けられる、そうすると当然罰が下る。そこまで考えての告白ですわねえ。

東：神父さんにこう、自分の罪を告げるのは。

岡井：ああ。

穂村：「告解」っていうのはどう違うんですか？宗教的に。

岡井：あれはやっぱり、「今日お母さんからパンを盗みました」とかそういうことを言って、そうすると、そのことはちゃんと一緒にお祈りしてあげるからね、ってやってるだけのことであって。盗んだなんてことをお母さんにも言わないし誰にも言わないというだけのことだから、小さなことですよね。もっと根本的な人生的な大きなことっていうと、告解の内容とはちょっと違うんじゃないですかね、もっと日常的な。教会に行って、例の、小さな部屋に入って幕を引いてね、その中でふたりだけで喋るというだけだから。僕らはカソリックじゃないから、ああいうことは一切なくて、ああいう風習がどういうものかも詳しくは知らない。

東：あれはカソリックだけですか。

岡井：カソリックだけです。

穂村：岡井さん洗礼名とか持ってらっしゃるんですか。

岡井：洗礼名というのもないんです。プロテスタントは。

東：そうなんですね。

今年初めて産んだって本当？ここここと鶏《とり》小屋でする激しき声は

岡井隆

お題＊鶏始めて乳す

穂村：今日のお題ですね。「鶏始乳」これ読み方すぐ忘れちゃうんだよな、にわとり……「にわとりはじめてにゅうす」。知らなかったな、そんな言葉。

岡井：普通知らないですよ。

東：知らないですよね（笑）。いや題詠のテーマをどうしましょうって相談されて、何でもいいですよどうぞ付けて下さいって言って、これが来てびっくり（笑）。何でもいいと言ったけど、まさかここまですごい題が来るとは。

穂村：例句が出ないのが焦った（笑）。参考にしようと思って一生懸命探したけど。これで作った俳句見たかったな。

岡井：本当だねえ。

東：どうやって五七五の短い中に。これ十一音使っちゃいますよねえ。「にわとりはじめてにゅうす」。

岡井：「にわとり」は「とり」と読んでもいいですよね。「とりはじめてにゅうす」。

東：あ、そっか。

岡井：だから、五七でなんか言っといて、「とりはじめてにゅうす」じゃないのかなあ。昔はいなかのおばちゃんのところへ行くと鶏小屋が必ずありました。朝、鶏が卵を産むと、「隆さん取っておいで」っていうから、小学生の時なんかね、取りにいくわけだ。やっぱりリアリズムなんだね。「今年初めて産んだって本当？」というのは、「鶏始乳」の題を、一応自分流に解釈して出したんですけれど。初めて聞きましたね、この題はね。面白い。

東：さっきおっしゃったように「ここここ」というのは鶏が卵を産むときの声。

岡井：声なんですね。でも、「ここ、ここ」、ここだよっていうのと引っ掛けてあるんですけどね（笑）。

東：うまいですね。何かこれ鶏小屋でしている激しい声って、ちょっと怪しいですよね（笑）。本当は何をしてるんでしょうって、官能的な歌でもありますよね。

岡井：そう。だから、穂村さんが一首一首意地悪な歌を作ってくれるほど、私は意地悪な人間でなくて、ごく素直な人間なものですから。こういう歌を作るわけです（笑）。

穂村：不思議ですよね、「今年初めて産んだって本当?」っていうのは非常に不思議な問いかけですね。これは、鶏に言ってるんですか。

岡井：言ってるんですよ（笑）。

穂村：いったい何を疑っているのかよくわからないんだけど、何か疑念があって。鶏からすれば今年も去年もカレンダーの意識は多分あんまりないから、これは明らかにダブル・ミーニングっていうか、人間が人間に向って何か問いかけているニュアンスがこれによって生まれますね。鶏に語っているように見えながら、人が人へ問いかけているっていう感じがあって。何か、不穏な感じがしますねえ。

岡井：普通だったら、あとは抱いて孵すんでしょうけど、まあ、産んだ直後って、産卵だけじゃなくって、子供を産む場合も同じだと思うけど、やっぱり母体っていうのは影響を受けるんでしょうね、きっとね。落ち着かないですよ、卵を産んだ後の鶏って。ごそごそごそ、こう動くの、体が。

東：なるほど、で、けっこうココココって、激しく鳴いてるんですね。

岡井：ここだよって言って（笑）。

穂村：岡井さんの近年の文体はこっちですよね。

岡井：そうそう。

穂村：写実的リアリズムでは鶏に向ってこんな問いかけはあり得ないから、鶏を詠いつつ鶏でない何かを浮かび上がらせる。その言葉の置き方の角度が非常に巧みで、何かこちらに、暗示をしている。はっきり答えを突き止めさせないような、何かを背後に隠している人の口ぶり。そういう感じがしますね。何かでも、男が男に言ってる感じじゃなくて、これは女性に向っての暗示を感じる。

岡井：そうですか。そうですか。

穂村：色っぽい何かね。

東：色っぽいですよね。

穂村：だって変に口調がやさしいでしょう。「今年初めて産んだって本当？」って言い方。

東：女性が言ってるともとれる口ぶりですよね。

穂村：なるほど。そこに不気味さが逆にあるのかな。

東：「激しき」ってあると、やっぱり不穏なものを感じます。先ほどの山羊の歌にも、木菟の歌にもある、不穏なものの片鱗はちょっとある感じですよね。

岡井：ありがとうございました。

お題＊鶏始めて乳す

三軒先までは知らせていなくなる鶏始乳四人《よたり》は

東直子

東：「鶏始乳」入れるのが難しくて。一月初め頃の今頃の季節、ということですね。最近は引越しする時でも、もう三軒先は言わない、隣ぐらいって感じで、薄くなってる感じで。

岡井：ああそうなんですか。

東：ワンルームとかだと、来るときも出るときも何も言わないみたいな。郵便受けに何も貼ってないっていうようなことがありますが、ふっと一家がいなくなる感じと、鶏が初めて卵を産むという、何か、喪失と新しいものが生まれてくるっていう感じとを結び付けられないかなと思ったんですけど。

岡井：この「四人」っていうのはどういう感覚ですか。四人家族っていうか四人の。

東：そうですね。これ全部フィクションなのでどういうふうに作ろうかといろいろ思って、でもひとりが消えるって面白くないし、ふたりも物語がありすぎる感じ、ふたりの失踪って。三人だと三軒先って最初に出て三がふたつ続くのって嫌だなと、やっぱり四人っていうのが一番……。

岡井：いいと。なるほど。

東：家族でもあるしもう少し何かの集団であったかもしれないし。少し前にオウムの事件で指名手配されていた平田信が自首しましたが、一緒に住んでいた女の人が、きちんと仕事はやめると言って、出てきたらしくて、そういうふうなことが世の中の片隅には起こっているのかなと。

穂村：「鶏始乳」の読み方が、難しいとこだなあやっぱり。

東：この「四人」の前に付けてもいいかなと迷ったんです。つながりとしては「いなくなる四人」、それで、季語的に「鶏始乳」って。

穂村：その時期に、みたいな感じなのかなあ。

東：そうなんですよ。にわとりはじめてにゅうすって、文字数が数えにくくて（笑）。「にわとりはじめてにゅうすなんとか」って、後に付ける方がリズム的にいいなと思ってまあこんなふうにしたんですけど。「よたりにわとりはじめてにゅうす」でも大丈夫かしらね。

岡井：なるほど、これは季節というか時期を表してるんですね。季語として。

東：季語として使ってるんです。

穂村：なるほどな。一月三十一日、みたいな。

東：に、突然いなくなった、ということなんですけど。

穂村：なるほどね。何となくまあ、人間がいな

くなっちゃってあとに鳥小屋の鶏だけ残されてあとに卵がごろごろしてて、もったいないなあっていうみたいな。

岡井：「鶏始乳」を、時間的な要素として使っといて、それで、現代のお引越しの話を詠われたっていうのはこれは、非常な歌力で、まさに僕なんかには考えもつかないなあ、こういうのは（笑）。

東：ありがとうございます（笑）。「四人鶏始乳」にした方がいいかなあ。

岡井：いやこの順番でいいんじゃないですか。この位置で僕いいと思いますよ。

東：あ、そうですか、ありがとうございます。じゃあこれで。

岡井：で、こういう歌出して、「あなた鶏始乳知らないの？　駄目だねえ」みたいに。

東：さっきネットで調べたのに（笑）。

お題＊鶏始めて乳す

「鶏始乳《にわとりはじめてにゅうす》」と検索していたらケータイが鳴るジシンガクルと

穂村弘

穂村：わかんなかったんですよね、「鶏始乳」が。
東：私も検索しました。
穂村：それで携帯で検索をしていたんですけど、今地震が来る前に警報が鳴るんですよね。
岡井：そうそうそう、鳴りますよね。
穂村：電車の中とかだと、周りの人が一斉にピリピリ鳴っていて、それが逆に非常に焦りを。
東：また嫌な音なんですよね、あれが。
穂村：警戒しろと言われても、ほぼ何も出来ないことがほとんどで（笑）。
東：そうなんですよ（笑）。
穂村：そういう感じなんだけど。まあ、「鶏始乳」を携帯で検索していたら、携帯が鳴る、まさにその警報が鳴って、地震が来ると。地震警報ですかねえ、あれが鳴ったという歌なんだけれど。イメージとしては、鶏が、地震が来てものすごく騒ぎ立てて、卵が割れちゃうような。
岡井：ははは、そういうイメージだ（笑）。
穂村：あとは、「乳す」と「ニュース」ですかねえ。携帯が鳴る、ニュース速報みたいなので。
岡井：鶏のイメージってやっぱり、何かを報せるとか、鶏鳴というのが暁を告げるっていうし、携帯というのと、何か意味的に重なりますね。
穂村：音も「けい」だし。
岡井：そうですね、音も「けい」だ。
東：すごく、騒がしさが伝わってくる感じ。不穏なものの連鎖ですね。
穂村：まあ我々の側も、飼われている鶏のイメージ、電車の中とかにいる場合だと、うちの中でもそうだけど、そこでなす術もなく地震を浴びるイメージですかね。
岡井：鶏なんて本当にどこのうちでも飼っていたりなんかして、ココココなんてその辺を走り回ったりしてた、ごく庶民的な家禽なんだけど、もう今はそんな姿をまったく見られないから。子供たちなんて、映像か何かで見ることはあるだろうけれども、現実には、こういうものが卵を産むんだよなんていわれたって、ピンとこないだろうねえ。

東：そうですね。たまに小学校で飼ってたりしますけどね。

岡井：うん、そうかそうか。軽妙な捌き方っていうことだなあ。僕らのは、何となくこう、のたのたっと重いんだけど、穂村さんなんかの捌き方っていうのは非常に軽い。

穂村：いや岡井さんの捌き方が軽妙っていうんでしょう（笑）。題に関して。

岡井：そうでしょうかねえ（笑）。

穂村：僕は真正面から、わからないから検索したっていう、そのまんまですねえ。

東：写実ですよね、これは（笑）この題で写実ができるのはすごいですね。

穂村：岡井さんの方がはるかに軽妙。

東：穂村さんの歌の方がある意味誠実にせまっていますよね。いやあ難しい題でしたけど、こういう、使ったこともないし例句も見当たらないもので作るっていうのも。

岡井：面白かったですね。こういうもの出してもらったっていうのはね。ぜひ二回目以降も難しい題を出していただいて（笑）。

穂村：このぐらいのが一個あった方がいいと思う。

東：そうですね。

穂村：いいよね。

岡井：では、お疲れ様でした。

一同：お疲れ様でした。

二〇一二年一月一九日〔井の頭自然文化園〕

ゲスト紹介

岡井　隆（おかい・たかし）

一九二八年愛知県名古屋市出身。歌人・文芸評論家。日本藝術院会員。短歌雑誌「未来」編集・発行人。歌集『禁忌と好色』で迢空賞受賞、歌集『親和力』で斎藤茂吉短歌文学賞受賞、歌集『岡井隆コレクション』で現代短歌大賞受賞、紫綬褒章受章、歌集『ウランと白鳥』で詩歌文学館賞受賞。旭日小綬章受章、歌集『馴鹿時代今か来向かふ』で読売文学賞詩歌俳句賞受賞、歌集『岡井隆全歌集』で藤村記念歴程賞受賞、歌集『ネフスキイ』で小野市詩歌文学賞受賞。詩集『注解する者』で高見順賞受賞。歌集『X-述懐スル私』で短歌新聞社賞受賞。短歌日記『静かな生活』（ふらんす堂）著書に『岡井隆の短歌塾　入門編』（角川学芸出版）『岡井隆歌集　現代詩文庫』『現代詩文庫　岡井隆詩集』（思潮社）『木下杢太郎を読む日』（幻戯書房）などがある。

岡井隆氏は二〇二〇年七月一〇日に逝去されました。心よりご冥福をお祈り申し上げます。

朝吹真理子（小説家）in 鎌倉

お題＊蟷螂生ず

うまれることばかりくりかえされて、はじまりはひとつなのに終りはいくらもある
うまれることばかりくりかえされて、私のいない未来を愛する

朝吹真理子

東：今回はお題の「蟷螂生ず」からやりましょう。朝吹さんの歌から。

朝吹：どっちが良いかと思って。

穂村：最初の歌は、赤ちゃんかまきりがわっと出てくるイメージ。人間だと一度にひとりかふたり、まあ三つ子とかも、それを守り育てるっていう対応策。かまきりは、どんどん死ぬんだけど、いっぱい生まれればそのうち生き延びるものもいるっていう戦略で、それが「はじまりはひとつなのに終りはいくらもある」って下の句とつながってるんだと思う。短歌としては破調なんだけど、生理的な必然性が、特に本人が読むとあるような気がしていて。

東：今、本人の声で読むとすごくよかった。

穂村：二首目も「蟷螂生ず」という題のもとで読むと、「私」っていうのが現実の作者と完全なイコールではない、もうちょっと多義的な「私」に見えてくるから、やっぱり二首とも題のもとに読むべき歌っていう感じがするかな。

東：かまきりが泡の中からわらわらと出てくるのって、かまきり一匹一匹には「私」はなくて、全体で「私」っていうのかな。種として、誰かが生き残ればいいみたいな願いがあって、「私のいない未来」っていうのが響きあう。「はじまりはひとつなのに終りはいくらもある」っていうのも、「たくさんの個別の生命なんだけど、全部あわせてひとつ」そういう感覚と響きあうんですよね。だけど、わかるようで、辻褄はあってないですよね。はじまりはひとつなのに終りはいくらもあるって。はじまりがひとつだったら終りもひとつだっていう……命としては。

穂村：かまきりのあのイメージでとらえると、生

まれたときは卵のひとつのかたまりで生まれるけど、それからバーっと散るでしょう、四方八方に。そしていろんなところで非業の死を遂げ続けるっていう。

東：もやもやした、でもそれは命全般における普遍でもあるっていうことですよね。

穂村：うん。現実に即しつつもっとカメラを引いた大きなスケールの哲学を含んでるから、優れてるんじゃないかと思うんだけど。

朝吹：これを定型にするとどういうことになるんですか。

東：下の句がかなり字余りなので、そこを調整することになりますね。二首めは、ほぼできてるから。例えば「うまれることばかりくりかえされても」とか、ちょっと一文字入れる感じかな。

穂村：「うまれること」までを初句と考えるなら「うまれることばかりくりかえされている私のいない未来を愛す」とか。でも変えるとやっぱりよくないんだよね、音数は合うんだけど。

東：破調の不安感がもやもや増えていくのがこの歌にはあってるような気がする。

朝吹：難しいね。

穂村：「蟷螂生ず」っていう題を見ないで読むと、この二首めはニヒルな歌にも見えるかなあ。「うまれることばかりくりかえされて」が、もうちょっと極端なことを言うと「人類のいない未来を愛す」みたいなイメージにも読めちゃう。

東：二首めは「蟷螂」、「かまきり」とかを入れてもいい気がするけど。「かまきりのうまれるばかりくりかえす私のいない未来を愛す」とか。締めはこのままでいいような。「未来を愛す」としたときに、なにもないと人類の未来になってしまうから、かまきりの世界のことだっていうのが二首めの場合はあった方が、誤解が生まれないような気がする。私は「はじまりはひとつなのに終りはいくらもある」っていう、ねじれた感じがとても好きです。不条理な感じというか。言葉の世界は不条理なんだけど、詩としては非常に説得力があるという気がして。これは好きですね。

穂村：短歌だと、「はじめはひとつ、終りは無数」っぽくしがちだからね、リフレイン的に。それをやると意味は同じなんだけど、ポエジーの生成方法が、個人のものじゃなくなっちゃうよね。

東：小野茂樹の歌みたい。「あの夏の数かぎりなきそしてまたたつた一つの表情をせよ」っていう、矛盾してるようで普遍的でもある。作者としてはどんなイメージで作ったんですか。

朝吹：「蟷螂生ず」がわからなくって調べてみたら、メレンゲみたいな泡と、かまきりがわっと生まれてるところが、インターネットの画像でいっぱい出てきて。結局、この言葉って、何度も何度も使われてる言葉で、毎年毎年かまきりも生まれる。この間も台風のあとに、あぶれ牡のかまきりを見て、生殖して食べられて終わる牡もいれば、あぶれ牡のまんまの牡もいて、生まれてきた時点ではフラットで、全員一緒なのに、死ぬっていうことに関してはあらゆるバリエーションがある。生まれることばっかり続いて、終りがいくらでもあるし、本当果てしないなと思った。

東：じゃあ穂村さんがさっき言った読みとほ

ぼ同じ感じですね。

朝吹：二首めは、生まれることばっかりずっと繰り返されるから、生まれるもの見ると……私はどっちかっていうと自分がいなくなった後に生まれてきた人のことを考えるタイプで。ただ、「私のいない未来を愛する」という言葉は、今現在を考えるっていうことは、私のいない未来を愛するっていうことを考えたうえで現在があるっていうふうにも思うから、なんとなくそれで、これが出てきた。

穂村：短歌だとこの下の句はすごく汎用性がある言葉で、「私のいない未来を愛す」って固定して、それで上の方で「ところてんがキラキラしてる」とかなんとか適当につけるんだよね、よくあるパターンでいうと。

東：情景描写+心理描写という方法ですね。内なる風景+内なる願望。なんとなくこの上の句は、かまきりとか入ってくると情景描写に変わっていくので。

穂村：でもその方法だと誰がやっても同じような感じになるんだよね。

東：うん。落ち着きすぎるっていう面があるよね。でも結局名歌ってほとんどがそのパターン。ある情景にある心理を足して、その情景も心理も普遍性をもつみたいな。

朝吹：ありがとうございます。

お題＊蟷螂生ず

カマキリの子らがこんなにあつまって人のかたちになってたなんて

穂村弘

朝吹：楽しい歌です。かまきりがどんな状態で集まってたかわからないけど、人のかたちに見えるほど集まるって、ちょっと気持ち悪い感じはありますよね。「こんなに」って言ってるってことは、けっこうリアルで、肉感的というか立体的なのかな。人が死んだあとの事件現場みたいな。

東：気持ち悪いですよね。これが蟻とかだったら死体があってそこに群がってる。「カマキリ」、「こんなに」、「子」、「かたち」と、か行が多用されて、固いイメージですよね。

朝吹：うんうん。この「カマキリの子」って、もうすでに泡ぶくの状態ではなくて、しっかりしてる、四肢をちゃんと持ってる感じがする。

東：かまきりって泡から生まれ出た瞬間に、蝶とかと違って、かまきりなの。

朝吹：成虫のかたちなんですよね。ちゃんと小さくてもかまきり。この歌のかまきりは、柔らかい色彩かもしれないけど、触ってもちゃんと成虫に近いような感じ。でもそれ音からの想像なんだろうけど。

東：なるほど。自分の意思をもってわらわらと。

朝吹：「こんなにあつまって人のかたちになってたなんて」っていうのは、遠くから見たときにはそれが「カマキリの子」だってわからないわけですよね。どんどん近づいていくとうじゃうじゃしてるものに、湧いてるのが見えてるってことですよね。

東：か行が多くて、平仮名が多いのも、うじゃうじゃ感を効果として狙ったのかなと、思ったりするんだけど。

朝吹：「人」っていう字面がすごく目立つ。

東：漢字が「子」と「人」しかない。「人」って漢字の「人」じゃなくて人間のリアルかたちだよね（笑）。これ穂村さんどうなんでしょう。

穂村：これはイメージとしては、五十年ぐらい連れ添った妻とか夫が、なんかの拍子にかまきりの子にばらばらになっちゃうイメージかな。

朝吹：すごく怖い！

東：実は、人のかたちって、私の親しい人だったっていうことなんだ。

穂村：「人のかたち」だとわかんないのかな。でも「人のすがた」とかは……。

東：それだったら「夫」と書いて「つまのかたち」とか、まあ普通の妻でもいいんだけど。やりすぎになっちゃうかな。

穂村：たとえば「妻の姿になってたなんて」とすると誤読の可能性はなくなるけど。

東：このぐらいのぼやかし方の方が面白いかな。普通に読んだら、朝吹さんが読んだように、抽象的な人のかたちって思うよね。

穂村：うーん。それでもたとえば、人の死体に集まっている虫みたいな場合もそうなるわけだよね。蟻とか人の死体にびっしり集まった感じ。

東：私もそれは考えたんだけど。

朝吹：あ、そっか。前に穂村さんの本にも書いてあったけど、「百済でもいいけどインカでもいいように挿げ替えられる歌だと題詠にならない」っていう。

東：言葉が動くって言われるものですね。別の言葉に代替可能だったら、それを使う必要ないいんじゃないかっていう話になる。

穂村：この場合は、かまきりのわっと散るイメージがあるから、蟻ではちょっと。やっぱり「人」なんだよね。奥さんが蟻でできてたとか、蠅でできてたっていうよりも現実のかまきりの感じかな。それにテーマが「蟷螂生ず」だから。

朝吹：でも、これ奥さんがかまきりだったら、旦那さんは食べられちゃうから怖いですよね。

東：そうかもしれない。なんかそうなると、女の形とか、なにかの女性のかたちになってた方がぞくっとするけどねえ。

穂村：そうだねえ。「女のかたち」。すごいな。

朝吹：この「人」のところに、違う、女性的なものを置き換える。

東：そうそう。もう少し具体的な感じが入るともしかして面白いんじゃないかなあ。あるいはその話だったら、人のかたちだったものが、かまきりの子になって散っていくっていう感じもいいですよね。

穂村：うん。

朝吹：これがそのまんま妻にって置き換えたら、やりすぎ感があるのか。

穂村：ちょっと迷うね。なんだろうね。

東：人のかたちよりも、妻の恐ろしさみたいなものが映し出されはするよね。

穂村：なんかそこまでイメージを限定してなかったんだよね。親友でもいいし。自分の大事な人が、なんかの拍子にわっと、かまきりになっちゃうっていう。

東：なるほど。その方が広がりがあって面白いかもしれない。

穂村：ちょっとね、「妻」とかだと脅しのニュアンスが強すぎるかもね。読み筋が決まるような。「妻のかたち」よりは「女のすがた」の方が。

朝吹：でも「子ら」っていうのがけっこうかわいく思えるから、そこまでホラーって感じではないですよね。「あ、びっくりした」みたいな感じ。

東：「まあ！」みたいな。「なってたなんて」っていう言い方がそういう雰囲気があるのかも。この語尾でずいぶん違うよね。「なっていたとは」だとちょっと作りすぎかもしれない。この軽い感じの書き方が、いいと思います。

お題＊蟷螂生ず

子かまきりの泡より生まれ光る目のひらきっぱなし　まずは飛ぶ
子かまきりの鎌ふりあげてはつなつのひかりの糸につらぬかれ飛ぶ

東直子
〃

朝吹：シュールレアリストのアンドレ・マッソンの絵に、かまきりがいっぱい出てくる絵があるんですけど、そのかまきりの眼って爛々と開いてて、かまきりっていうと、私はその絵のことよく思い出すんです。かまきりって眼が閉じられないようにできてるんですよね。確かに生まれた瞬間から、あの眼っていうのは開きっぱなしのまま出てくるんだと思って。あの眼って、眼光の奥の方が光ってるようで、二重に光ってるイメージがある。

穂村：この歌は「光る目のひらきっぱなし」っていうところが読みどころだと思うんだけど、昆虫って、かなり機械っぽいよね。カブトムシとか相当メタリックじゃない？　「これ命？」みたいな固さだし、裏返しても脚のところはかなり機械っぽい。車の裏みたい。かまきりもまずあの鎌が機械っぽいし、鎌って金属だしね。眼はあまり意識しないんだけど、それに気付いたところがポイントで。同じ動物同士だと、眼が閉じるとか潤んでるとかひくひくしてるとかが、同じ命を持つものっていう証拠みたいに感じてるから、まったく開きっぱなしの眼を見ると、死んだものとか、魚とか、距離のある生命体って感じだよね。もっと距離ができると、眼がなくなるけどさ、植物とか。そのぎりぎり遠い、機械寄りに感じるような命っていうのかなあ。その異質感がうまくとらえられていて、だから「まずは飛ぶ」っていうのはプログラミングされてるみたいな感じ？　人間だと意志っていう感じだし、動物でも本能っていう感じだけど、昆虫だともう、プログラミングっていうレベル。まずは飛ぶ、次は何、次は何みたいに。逆に命がその中に入ってるみたいな感じが、うまく表現されてるのかな。

朝吹：「子かまきりの泡より生まれ」っていうところまで読んだ感じは、泡ってとろとろして、ふわふわだけど、実際のかまきりの泡を見ると、そんなに甘やかには感じられなくて、でも、この歌に表現されているかまきりの泡は、ふわふわとろとろの泡で。それに包まれてる感じの甘やかな幸福感があるけど、突然次に「光る目のひらきっぱなし　まずは飛ぶ」ってくると、生まれるときの瞬間なんてものは、かまきりにとっては一切の特別性を帯びてなくて、瞬間的に起動することなんだなっていうふうに思って。それが、最初に読んでたときに、裏切られる感じがして、すごく面白かった。

東：ありがとうございます。ちょっと迷ったのが、「子かまきりの鎌ふりあげてはつなつのひかりの糸につらぬかれ飛ぶ」という参考の歌の方の「飛ぶ」は二文字だけで「飛ぶ」ってかっこよくできたんだ

けど、ひらきっぱなしの方の歌は、五文字余ったので「まずは」なんて入れちゃったんだけど、どっちを出そうか迷って、いっそのこと両方感想聞いてみたくて。

朝吹：はつなつの歌を読んで思ったのは、カメラのカット割りが想像できるような感じ。

東：確かに、こっちは脳内イメージだけど。ちょっと短歌的にまとめすぎてるかなと思って、一応出すのは、ひらきっぱなしの方にしたんだけど。

穂村：迷いますね、どっちがいい歌なのかなあ。実感は、二首めの方があるような気もするんだけど、たくさん短歌を読んでると「はつなつのひかり」っていうフレーズが、けっこう出てくるんですよね。なんとなくそこで、引っ掛かってしまう。実際に読むとはつなつの方がリアルかな、っていう気はするんだけどね。

朝吹：かまきりって毎日鎌持って振り上げてるんですもんね。

東：そこが面白いと思って。はつなつの方の歌を先に作ったんですね。やっぱり、「蟷螂生ず」というテーマで生まれるところを想像したら、一番面白いと思ったのが、生まれつき鎌を持ってて、その生まれた瞬間から相手を威嚇しようっていう意気込みがある感じが面白くて。まだ小さくて心細い鎌を持ってるんだけど、一丁前に世の中を威嚇しながら生まれる。泡を出た途端何も守ってくれるものがない。見えない糸に、物質のない光の糸にすがって生きるしかない、かまきりの、不安だけど生きていかねばならない、生まれたての命ならではの大胆さみたいなものが出ればいいかなと思って。「はつなつの光」も、いわゆる人間が見てる光じゃなくて、もっと抽象的な光にしたかったので平仮名にしたんです。光には糸があって、それにっていう。

朝吹：「ふりあげる」のも漢字じゃないのはまだ小ちゃいから？

東：そんな感じですね。「鎌」の表記も迷って、カタカナの「カマ」とか平仮名の「かま」とかやったんだけど、平仮名の「かま」だとあまりにふにゃっとしちゃうので、ここは、一丁前に持っている感じで、漢字にしてみました。

朝吹：「はつなつ」の歌だと、本当にまだやわらかい生き物っていう感じがするのに、「光る日」の歌だと、穂村さんが言うように、ロボットっぽい。「飛ぶ」の感じが全然違いますよね。

東：そうですね、ふつうのかまきりとデフォルメした感じのかまきり。どっちがいいのか、自分でもよくわからないのだけど。どっちの方がいいような気がしますか。

朝吹：難しいなあ。面白さの生まれ出るところが、これは同じカマキリなのに全然違うということですよね。「光る目のひらきっぱなし」のフレーズのかまきりは、起動するような感じで、甘やかなものとは一切関係なく、結局アンドレ・マッソンの絵みたいな、鋼みたいになって、ギョトッとした目で、全然違う異種のものに見える。はつなつの方だと、すごくやわらかな生き物。虚勢を張っている感じだから。歌としてどっちが面白いかっていう。

穂村：ずっと見てるとはつなつの歌の方がいいように見えてくるけど。

東：印象はたぶん最初の方が強いけど、何度も見つめてると、はつなつの方か。

朝吹：何度も読むっていうことと、一回しか出会わないっていうことって違いますね。「光る目」の歌がなくて「はつなつ」の歌だけの時には、この「光る目のひらきっぱなし」の話をしてないから、「光る目」の歌があることによって、より「はつなつ」の方の歌がきらきらしく思える。

東：あ、なるほど。

朝吹：つまり、かまきりの嘘の生き物ではない感じとか、アンドレ・マッソンの絵にある、変な、未

来から来たような生き物みたいに見えるような感じとか、そういうことをはっと驚いたあとに二首めを読むと、こっちがしみじみ……。

東：ありがとうございます。また自分でも考えてみたいと思います。

松茸をありがたうあれは何処から来たのでせうか　暁天坐禅

穂村弘

東：「松茸をありがたう」のくだりは、漱石が和辻哲郎に送った「松茸感謝の手紙」のフレーズそのままですよね。この「暁天坐禅」っていうのは?

穂村：お寺の坐禅会の案内に書いてあったんだよね。漱石の手紙があったお寺とは違うお寺だけど。

朝吹：フフフ（笑）、こういう手紙とか誰かから誰かに書かれたパーソナルな声が、こうやってもぎ取られるとまったく違うものになるけど、でもやっぱり短歌って、人から人への声だから、妙にしっくりきてることが、すごい。

東：ああ、人から人への声っていう、その切り口がいいですねえ。短歌っていろんなところから素材を持ってくるんですけど、ちょっと偶然聞いたような会話とか、直接自分に言われたことでもいいんですけど、そういう所から切り取って、歌の世界を作る。漱石の手紙もほんとうはもっと前後があって、漱石が松茸についてしつこくしつこく書いてましたよね。最近の松茸事情とか昔の松茸事情とか、自分が今もらった松茸が、どこ産であるかとか、漱石としては自然に書いてるつもりなんだろうけど、松茸が「何処から来たのでせうか」っていう言い方がすごくおかしくて。松茸が、足が生えて自分で歩いてきたみたいな、擬人化のイメージ。あそこがあの手紙のたぶん一番面白いところで、そこを持ってきたところがさすがだなと思いました。

朝吹：しかもなんか、漱石が訊いてて訊いてない感じの、なんていうかね。

東：そうね、和辻さんに松茸の講釈を垂れたかったっていう感じのところもあったよね（笑）。それが面白くて。それと、「暁天坐禅」っていうのが、「ぎょうてん」っていうと「仰天する」っていうの

を連想させるんだけど。それもどういう坐禅なのか全然わからないんだけど、妙に。

朝吹：やっぱりこれが茸だからいいですよね。「暁天坐禅」ってくるのが、粘菌みたいにいろんなふうに飛び散ったりっていうよりも、松茸だから、やっぱりどうにかして、一つの地面からにゅにゅにゅにゅとしか伸びないっていう感じが。確かにそのあとに「坐禅」っていう言葉がついたときの、据え置いた感じが。

東：確かに、松茸、きのこの中でも一番坐禅しそうですもんね、形的に（笑）。この歌って一字空けた方がいいのかな。「暁天坐禅」ってものすごく漢字がごつごつしてて、言葉そのものが視覚的に目立つし、上はずっと平仮名で来てるから、一字空けせずにつなげたとしても、自然に切れるから一字空けはいらないんじゃないかなと思ったんだけど。ちょっと早口になっちゃう気はするけど。一字空けると間延びしちゃう気がするんだよね。視覚的には一字空けなしでも同じ効果があるような気がします。

穂村：引用だってことをちょっと意識したんだよ。旧かなだしね。

東：ああ、なるほど。これを括弧に入れるとかっていう方法もあるよね。

穂村：どの方法が最善かな。

東：ここまで引用すると詞書がいるんじゃないかっていう気がするね。「和辻哲郎、漱石に松茸を送る」、とか。

穂村：今回の場合は、吟行だから背景がわかるっていうことはあるけど。

東：でもまあ、そういうの書かないで、実は……みたいなのでも面白いけどね。

少女　四番ポジションで漫画読む山門の脇遺骨の上　朝吹真理子

東：面白い歌ですね。

穂村：下の句はリフレインというのか、対句表現。しかも、逆にはなりえないよね。「遺骨の上山門の脇」っていう順番にはならない、なぜかというと、もっとも詩的な衝撃度が高いものが最後にこないと、上から読む詩形だからこれは成立しないっていうのがあるから。遺骨の上で漫画を読むという一種の冒瀆性なんだけど、それは、生きているっていうことが当然含む冒瀆性なわけで。遺骨の上で不謹慎なことをするなって言われると、地球上、人類発生から考えるとほぼどこで生きていても、遺骨の上だろうから、何も、どこにもいることができないみたいなね、そういうことがある。わからないのは、「四番ポジション」なんだけど。

朝吹：バレエの四番ポジション。その状態で本を読んでた。

東：バレエのポーズなんだ！

穂村：バレリーナのバレエね。

朝吹：バレエを習い始めると最初に、一番から四番までのポジションっていうのを練習するんです。山門の脇にいたリュックを背負った小ちゃい女の子が、なぜか四番ポジションだったので。

穂村：なるほどね。バレエを知らないと野球とかを連想してしまって。

東：私も野球だと思ってしまった。プリエ、とかいうあれですか。なんだっけ、プリエが一番？

朝吹：そうです、プリエとか言ったりもするけど、私は一番、二番っていうふうに教わりました。

東：そうなんだ。バレエやってたんですね。

朝吹：小さい頃ちょっとだけ。

東：だとするとやっぱりこの歌は、バレエってわかりたいですね。あの女の子、立ち姿がすごくかわいくてよかったよね。

穂村：語順としてはどうなのかなあ。

朝吹：「少女　四番ポジション」あたりはなんとなくできても、下の句を考えるとすごく困って。結局、地面の下にはいっぱい骨があるっていうイメージがあったから、その上にいるっていう感じだったけど、「遺骨」っていうともっとパーソナルなお墓っていう感じがするのかなあとか。ちょっと、うまくできなかった。

東：うん、でもこれはいいんじゃないかな。実際そうかもしれないし。「山門の脇遺骨の上」ちょっと「遺骨の上」が字足らずになるんだけど。「に」とか、助詞を一つここに付けてもいいんじゃないかな。「遺骨の上に」とか。

穂村：でも、「四番ポジション」じゃなくてもっとこう、全体が外国語になっても、違う言い方があるなら……別な言い方はないんだ？　誤読されそうだから。

東：そう。どうしても野球の四番ポジションとか、四番バッターとか。

朝吹：そうか、四番バッターになるのか（笑）。

穂村：なんか、極端なこと言えば「バレエのポーズで」っていうぐらいまで開いちゃっても。

東：ああそうだね、それでもいいかも。でも四番ポジションでっていうの、かっこいいんだけどね。「バレエのポーズで」って抽象的にするとちょっとダサい感じになっちゃうよね（笑）。

穂村：うん。

東：私はプリエしかわからないけど、いろいろあるよね。

穂村：明らかに違う言葉の方が、いいと思う。バレエの言葉ってフランス語なのかな。

朝吹：「ポジション・デ・ピエ」、足のポジションっていうんだけど。

穂村：その方がいいのかな。あとは、少女っていう言葉がいきなり出てくるから、真ん中に入れるとか。

東：でもいきなり「少女」で入ってるの結構好きだけどね。勢いがあるっていうか。

穂村：うーんでも、下の句の形を考えると。

東：ああ、そっか。下の句が体言止めで強く来てるから。でもここに「に」を入れると体言止めじゃなくなるけど。「山門の脇遺骨の上に」とか。

朝吹：「四番」は「ポジション・カトル」とかになるのかな。

東：「ポジション・カトルで少女漫画読む」、あ、なんかかっこいいねそれ。だいぶすっきりする。

穂村：「少女は」と入れたいかなあ。「少女漫画」で一語だと思われちゃうから。

朝吹：「ポジション・カトルで少女は漫画読む山門の脇遺骨の上」。

東：だいぶ短歌的になってきましたね。ちょっとブツブツ切れてたもんね。やわらかくなって、抒情的になったのでは。勝手に添削してしまってるけど。

朝吹：お願いします。本当に難しいもん。

東：朝吹さんは、イメージがバンバンと生まれてきて、今はそれをごろんと置いてる。そのイメージはすごく面白い。短歌はそのイメージをどういうふうにつかんできて、言葉にするかっていうのが大事なんだけど、朝吹さんはすごいつかみがうまい。

穂村：情報を強くキャッチできる人ほど、その情報が鮮烈でポエジーが強いと、直すに直せなくなる。だから、そのへんが独特だよね。はじめっからその情報が韻律に乗ったかたちでできる人が、短歌体質の人なんだけど。僕もずれてくるから、何十年やっても、うまくいかない。それはかなり生理的なもので、はじめっからやわらかい球で三振取れる人がいるのよね。スローボールとかで。でもそうはなれないよね。なかなかね、やろうとしても。

東：イメージ鮮烈でとてもよかったと思う。

穂村：うん。これもいい歌だと思いました。

東：自然でいいですよね。その置き方が、狙って持ってきた鮮烈さじゃないところがとてもよかったと思います。

きぼりきぼり彫り深くしてやや赤き足にて進む人力車《じんりきぐるま》

東直子

穂村：「やや赤き足にて進む人力車」の下の句だけを読むと人間の足のことだというふうに実景が浮かぶんだよね。上の句は音の響きは面白いんだけど、「きぼり」って言ってるから、これは人力車のことなのかなあと、思うんだけど。だから上から読むと、人力車の足のように読めるっていうのかなあ。

東：車の足（笑）。

穂村：うん、そこでやや混乱するんだけど。

朝吹：私、一番最初に読んだときは「きぼりきぼり」が何もわからないんだけど、一度読み通した後にまた上から読んでいくと「きぼり」が車夫の足音に思えた。「きぼりきぼり」、なんか固い、アキレス腱とか脛とかが、いっぱい歩いてる人だから固いイメージ。

穂村：それは意識してるんじゃない？

東：すばらしいイメージで読んでもらえてうれしいです。でも実は、「きぼり」っていうのは「木彫り」。オノマトペ的に使っていて、しかも序詞的に使っていて、「きぼりきぼり」は「彫り」を引き出すための序詞、枕詞みたいに使ってみました。「彫りが深い」っていわゆる、顔がイケメンだっていう意味。

朝吹：はっ！　そうだったのか。

東：イケメン人力車引きがいたので、イケメンを引き出すために。いろんなところで今日は木彫りの物を見たので、その木彫りから「彫り」を出して。

穂村：ああ、それならやっぱり、「進む」っていう動詞がさあ、人力車が主体じゃん。

東：だから、「押す」とか「牽く」とか考えたんだけど。そっか、そこがまずいのか。「人力車を牽きぬ」とかのほうがいいか。

穂村：うん。あとやっぱり、「きぼり」って言われたら「木彫り」を思っちゃうから、木彫りは人力車の方かなって、思っちゃう。

東：ああそうか。これを序詞的に読むのはきついかなあ。

朝吹：「序詞」っていうのは、呼び出すための言葉ですか。
東：「山鳥の尾のしだり尾のながながし」とか、「しだり尾の」までが「ながし」を引き出すための序詞。全然関係ない、山鳥の尾の長さを持ってきてるという。
穂村：筋肉質な足なのかなあという読み筋も発生するかな。
東：それでもいいんだけど。この「きぼり」が人力車にかかると変な感じがするので。「足にて牽きぬ人力車」、とかのほうがいいかなあ。「押す」じゃないよね、「牽く」だよね。
穂村：「足の牽きゆく」とか。
東：そんな感じかな。ちょっとそのへんも、調整してみようかなあと。はい。「きぼりきぼり」、ちょっとやりたかったんです（笑）。

韻文と散文に差はないものと思ってたおとといの夜まで　穂村弘

東：これは、朝吹さんの発言、そのまま。
穂村：前回も岡井さんの発言そのままっていうのがあって（笑）。
東：今朝、集合したときに、朝吹さんが、今まで意識していなかったけど、自分がいざ短歌を作るという実践にあたって、ものすごく違うということを自覚したことを、「今まで韻文と散文に差はないものと思ってたんです」と言ってたのが印象的だったんですよね。それも「おとといの夜」っていう具体的なところが面白かったです。
朝吹：本当に、ただ困って思ってたことを、叫ぶような感じで伝えた言葉が、こういうふうに五七五七七の状態になっていると、自分の言葉だと思わなくて、初めての言葉のように出会った気になるのが、不思議。
東：そうですね。会話の中で聞いたら過ぎ去って消えてしまうんだけど、こうやって切り取ると、すごく引っ掛かるものに変わるという、マジックなんですよね。
穂村：「おとといの夜まで」が面白かったのかな。そう言ったよね。「おとといの夜まで」って。
朝吹：言った。

穂村：これが「昨日の夜」でも「今朝」でもだめだし、「おとといの夜」っていうのが良かった。岡井さんの時もそうだけど、ちょっと違うんだよ。僕、朝吹さんが言った言葉を正確に書き取ってるんだけど、実際はこうじゃないんだよ。その、ちょっとした音数の触り方みたいなものが、定型に合わせようとすると、何パターンもできちゃう。話し言葉じゃないんだよ、やっぱり。「差はないものと思ってた」ってリアルには言わない、話してるときは。そのへんの、微妙な感じかな。もっと面白いことをいろいろ言ったりしてたから、それを、描写したりキャッチすることもやりかけたんだけど。なんか不思議だよね。短歌の中に入れると輝きが消えるエピソードと、多義性があるから、別な意味を生じる言葉があって。これがなんか、その中で生きるような気がしたんだよね。

朝吹：これだけぱっと見たときに、すごく、幼さがあるように感じる。

穂村：「サッカーとフットサルに差はないものと思ってたおとといの夜まで」とかさ、「愛と恋に差はないものと思ってたおとといの夜まで」とかさ、いろいろなんでもあるんだけど、その中で「韻文と散文」っていうのは、なんか、面白いんだよね（笑）、組み合わせとして。

東：ふふ、こんなの日常会話であんまりしないからね。当たり前じゃない感じで、意外と、

「差はないものと思ってた」って言ってるけど、韻文と散文の差の話っていうのは、実は解決つかない内容でもあるよね。本当に差はあるのかないのかっていうのは、百年たっても二百年たっても謎みたいなところがあって、それが、おとといの夜にすっかりわかってるような気になってる感じが、その幼さでもあるっていう。

朝吹：わざわざこんなこと言わないよね、普通は（笑）。

東：今そのすべてが解明された、わかった！　みたいな。わかったと自分だけが思い込んでる感じがあって、それが韻文と散文であるっていうところが、面白いですよ。ちゃんと句またがりを使って定型にはまってるところが（笑）、律儀に。

朝吹：すごい。

穂村：朝吹さんのキャラクターだよね、これは（笑）。

あじさいが揺れて百年経つ骨壺のうち　がさがさ　白の音楽　　**朝吹真理子**

あじさいが揺れて　百年経つ白い　がさがさした音楽になる　　〃

朝吹：ふたつで迷って、本当はもっと違うふうに詠んだんですけど、そしたら意味不明になっちゃったので、これで。

穂村：「あじさいが揺れて百年経つ」っていう俳句は自由律で成立しそうだし、「骨壺のうち　がさがさ　白の音楽」っていうのも、俳句としてありそうな感じ。でも、それをふたつ並べると、短い詩のような。なぜ短歌っていう感じにならないのかっていうと、やっぱり「音楽」かな。「あじさいが揺れて百年経ったけど骨壺のうち今もがさがさ」みたいな感じだったら、もうちょっと短歌的に見える気がするんだよね。この、「音楽」っていう時、突然哲学が挿入される感じ。

朝吹：それにこれだとまたボソボソ全部切れちゃってるってことか。

穂村：韻律面からいうと、実際にはそんなに切れてなくて十分成立する作りだから。ただこれを歌人が見ると、才能のある詩人が作った短歌みた

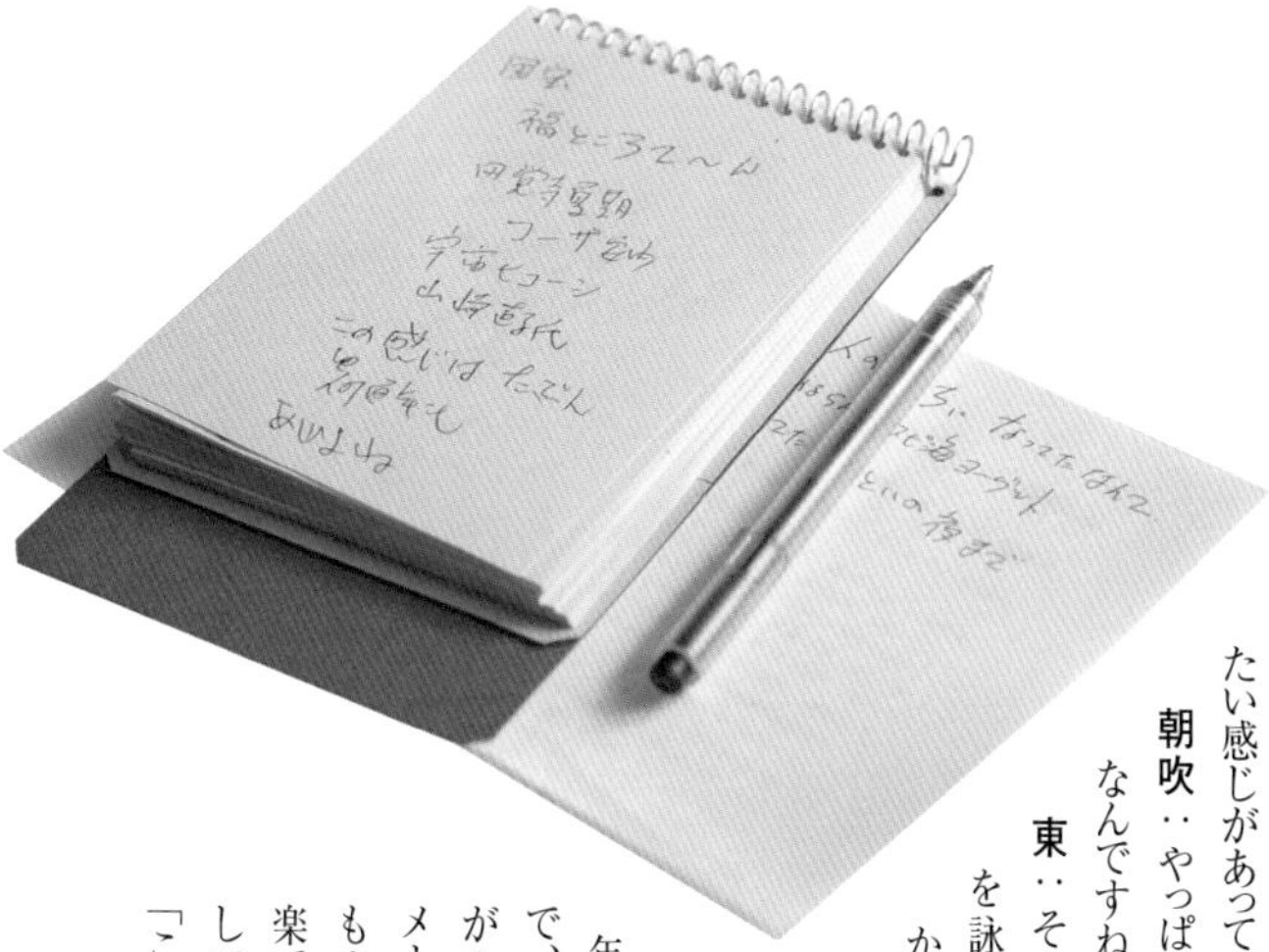

いに見えるよね。

東：作者の持っている概念を、絵として表現した感じ。短歌ってもうちょっと、ずるずるっと気持ちがなだれ出すみたいな。そこに気持ちを乗せたい感じがあって。

朝吹：やっぱり、短歌は本当に「歌」なんですね。

東：そう、調べ。なにかの考えを詠むんじゃなくて、思想とか概念が入っててもいいんだけど、そのものを書いた歌は短歌として受け取りにくいところがある。あじさいが咲いて百年経った時間の流れのなかで、骨壺の内側に白の音楽が生きるっていう、そのイメージはすごく魅力的。でも音楽になるとか、白の音楽であるっていう、情景に対して「それはこうである」「これはこうである」というような理論が入っているところが、少し違和感として残るのかな。短歌って理論とか、「これはこうである」とか、知的な組み立て方はむしろ邪魔になって、よくわかんないけどわーっと来るよねみたいな方が、短歌らしい。紫陽花を植えて百年経つ、ここまでは短歌的切り口なんだよね。紫陽花植えて百年経ったって言う、なぜ百年なのかとか、そういう整合性は無視して、百年経つ感覚っていうのを受け取るので。「音楽」じゃなければ、さっき穂村さんもそういったけど、「骨壺のうちがさがさ白い音が聞こえる」とか、だけで変わるんだよね。

穂村：これ自分の骨かなあ、イメージとしては。

朝吹：うん。自分とか、あと、今日の紫陽花がまだ白かったから、それが女の人ののど仏に見えて、そのことを単語にするとさらにわけがわからなくなるから、百年経ってもらおうと思って、百年経った感じにすると、詠んでる自分、詠むはずの自分も骨になってるから、骨壺の中でがさがさ骨の音楽になるかなあと思って。

穂村：今橋愛さんの歌で、「としとってぼくがおほねになったとき／しゃらしゃらいわせる／ひとはいる　か　な」っていう。これだと完全にベタなイメージ。自分がいて相手がいるっていう。僕も、ここまでべったりはなかなか歌えなくて、もうちょっとジャンプして逃げちゃうんだけど。そのへんが、柔道とかでも投げ技が得意な人と寝技が得意な人と関節技が得意な人と、いろいろいるみたいな。短歌の人はかなりベタに攻めるのが得意だから。

東：ベタだといけないってことはないけど。

穂村：ジャンルの個性かな。

東：たぶん、この紫陽花の歌ふたつを比べると、「がさがさした音楽になる」っていう動詞止めの方がまだ短歌になりうる方向性がある。

穂村：「白の音楽」で体言止めにされると、おしゃれな感じになる。

朝吹：でもちょっと、いけ好かないって感じがしますね。

東：そこまで行かないんだけど（笑）、そこまで行かないし、なんか素敵なイメージはあるんだけど。考えを書いてる感じがある。感覚を表現する感じでありたいかなあという。

朝吹：うーん、難しい。

東：「骨壺のうちがさがさ白の音楽」だとやっぱり、骨壺の中にある白っていったら完全に骨で。

朝吹：そうですよね。

東：割と説明できちゃう世界みたいになってるよね。むしろ「白いがさがさした音楽」、白い音楽って普通は形容詞として無理がある書き方なんだけど、短歌の、詩の表現としては詩的な飛躍とか豊かさにつながるので。こっちの方が私は面白いと思う。

穂村：そうだね。

東：「あじさいが揺れて　百年経つ　白いがさがさした音楽になる」、句またがりってことになるの？

穂村：これは定型に近いんだね。句またがりだけどね。

朝吹：ヨシマサには「なめし革の音楽の家」っていう言葉があって、私すごい好きなの。かわいいですよねえ、「なめし革の音楽の家」ってどんなのだろうって思って。

東：面白いですねえ。なめし革が、静かな、小さな音を立ててる感じがしますね。「あじさいが揺れて百年経つ白いがさがさした音楽になる」。わりと短歌っぽいけどね、それでもいいかもしれない。「白の音楽」ってまとめちゃうとあれだけど。

穂村：うんうん。なんか俳句でも有名なのあったよね、赤尾兜子の。「音楽漂う岸侵しゆく蛇の飢」だっけ。でもこの句は音楽が結句じゃないか。

東：「音楽漂う岸侵しゆく蛇の飢」、おお。破調ですよね。音楽漂う、で切れるんじゃない？「岸侵しゆく蛇の飢」があって、そこに音楽が漂っているってことだと思うけど。

穂村：かなり、高度なイメージだよねえ。

朝吹：蛇がぐうぐう言ってるのが、音楽じゃないんだ。どんな音楽なんだろう。

東：そこを想像する面白さなのかなあ。蛇の飢というものがあって、そこに音楽が漂っている。いわゆる楽譜のある音楽というよりは。

穂村：なんか、背景に具体物があるのかもしれないね。

朝吹：映画とか？

穂村：いや、実体験で。中井英夫のタスマニアンデビルが憲兵みたいに、例えば。そういう時代じゃないかもしれないけど。

東：だからやっぱり兜子の「音楽」も、音楽そのものの概念ではなくて、音楽が漂う、情景の一部として描いてある。でもまあ、これは「音楽になる」、動詞になってるからいいかなと思う。

穂村：二首めはこれでできてるんじゃない。

東：「がさがさとした」ってちょっと、ここ定型にしてもいいんじゃないかと。「あじさいが揺れて百年経つ白いがさがさとした音楽になる」。「と」を入れてちょっと定型に。

穂村：ばっちりだよね。

朝吹：ありがとうございました。

細いへびが細く乾いてなにもかも忘れたように紫陽花ひらく

東直子

朝吹：なんか、恬然として悲しい。この世ってこういうことだから。でもちょっと悲しいです。

穂村：生きてるときのしなやかな細さと、死んで乾いたときのより一層細い感じの間に、質感のすごい変化があって、それをわざわざ両方とも細いって言い方で表現してる、っていうのかな。で、本当はその間に、大きな変化が生じてるんだよね。単純に「死ぬ」ってことだけど。そこに「なにもかも忘れたように紫陽花ひらく」っていう、短歌的ななぐさめというか、慰謝の表現があって。そのバランスがこの歌は成功していて、うまくいっている歌だという感じがします。

朝吹：細く乾いてしまうぐらい、時間が経っちゃってるんですよね、これって。

東：どんどん細くなっていく。特に夏だと。

穂村：ビジュアルで読ませようとする文体だと、そのビジュアルがうまく構築できないと、そこで読み筋を絶たれる、読者がついてけなくなっちゃうんだけど、この「紫陽花ひらく」は、時空間が全然限定されてない。唐突に「紫陽花ひらく」っていう、どこにっていうのが全然ない。それが、ないから逆に景が見えるというのか。やっぱりうまい短歌だと思うよね。さっきの東さんの人力車とか、僕のかまきりの子どもが人の形になるっていうのは、どこか途中で苦しみ始めて、推敲がたぶん入ってる。頭で推敲を入れると、本人はもう答えを知っているから、読者を誘導しようとするじゃない。それで、誘導しきれなかったじゃん、僕の歌も、人力車も。だけどこの歌は、そういう誘導を読者にしてないよね。だから読者は自分の位置から

一歩も動かないまんま、感受することができる。うまくいってる歌ってこういう感じだよなって、わかってるのになぜか再現できないいんだよね（笑）。なかなかこういうふうに書けない。

朝吹：これ漢字なのがいいですね、「紫陽花」が。

東：そうですね、ここの「紫陽花」は、直感で漢字かなと思って。

朝吹：ぱっと咲いてる紫陽花っていうのは、陽を燦々と浴びてて、ふっくらしてる。生きてて湿ってるから、光が入ってっていう感じがして。しかも「忘れたように」っていうのがすごい印象深い。「忘れたように」っていうことは、結局全部わかんないってことですよね。

東：そうですね、リセットされてる感じ。紫陽花って最初のあの白い感じが、一年おきに一度リセットされてる感じがあって。表現として迷ったのが紫

陽花って、あんまりひらくっていう感じじゃなくて、色がじわじわ出てくる感じ。ちょっとそのへんが「紫陽花が咲く」って最初してて、なんか違うなと。で、「ひらく」にした。でも「ひらく」でもないような。そんなに違和感なかったですか。

朝吹：私的にはそこは全然気にしないで、細い蛇が細く乾いている状態と、ふわーってしてる対比がきれいだった。しかも紫陽花って近くで見るとパーツパーツで見えるけど、我々が普段歩いてるときの紫陽花っていうのは、あのかたまりで一つですよね。「あ、咲いてるな」とか、「開いてるな」とか。

東：そうですよね。

穂村：脳内イメージは蓮の花みたいな感じかな。

東：ボンボン、と咲くみたいなね。でも蓮の花じゃないの。一回何もかも忘れるって、紫陽花ぐらいじゃないかっていう気がして。

朝吹：蓮の花だと昇天したり、仏教っぽいよね。

東：うん。やっぱり、どこか一回無になる感じは紫陽花かな、と思いました。

毒をもつ蛇の子どもがカラカラに干からびている　覗き込んでる　穂村弘

朝吹：この「毒をもつ」のところが、その蛇をあんまりよく知らない感じがする。毒を持ってるっていうのを、例えば、何かの本で読んでるとか立札で読んでるとか、人に聞いてるとかで知ってるっていう感じかな。でも「カラカラに干からびる」っていう言い方は普段よくするけど、こういう形で出てくると、口の中いっぱいにイタリアの安いパン食べてるみたいな、口の中の水分が一滴もなくなるような感じがすごい。

東：もう、全く手が出せない感じがありますよね。この先はもうどうすることもできない、ただ見ることしかできない。なんか釘づけになってる感じ。そういう見るものって、日常生活にあるかもしれないなと思って。「カラカラに」って珍しくオノマトペを使ってるけど、普通のオノマトペだよね。それはあえての感じなのかな。

穂村：ガラガラヘビだと、ガラガラ言ってるときは生きてるんだよね。

東：それと、ガラガラヘビをかけてる、ちょっと匂わせてるかもしれない。

穂村：うーん、まあさっき実際に見た時も、ほぼ、確実に死んでると思っても、なんかよくわからないっていうところがあって。

朝吹：でもこれだと完全に死んでる感じがする。

東：確かに。「カラカラに干からびている」。さっきの私の歌ではわかんない気がするけど、これはカラカラに干からびるっていうところまで言ってるもんね。

朝吹：だから、覗き込んでるときはびくびくはしてないだろうけど。

東：短歌的には、「覗き込んでる」を異質のものにくっつけることもできるね。二物衝撃的に。加藤治郎さんの歌の「鋭い声にすこし驚く　きみが上になるとき風にもまれゆく楡」みたいな。

穂村：そうね。でも「暁天坐禅」で一回それやってるからね。

東：ここではあえて。でもこれも面白いけどね、物があって。だからその時は視点が急にきゅっと後ろにいくっていう。

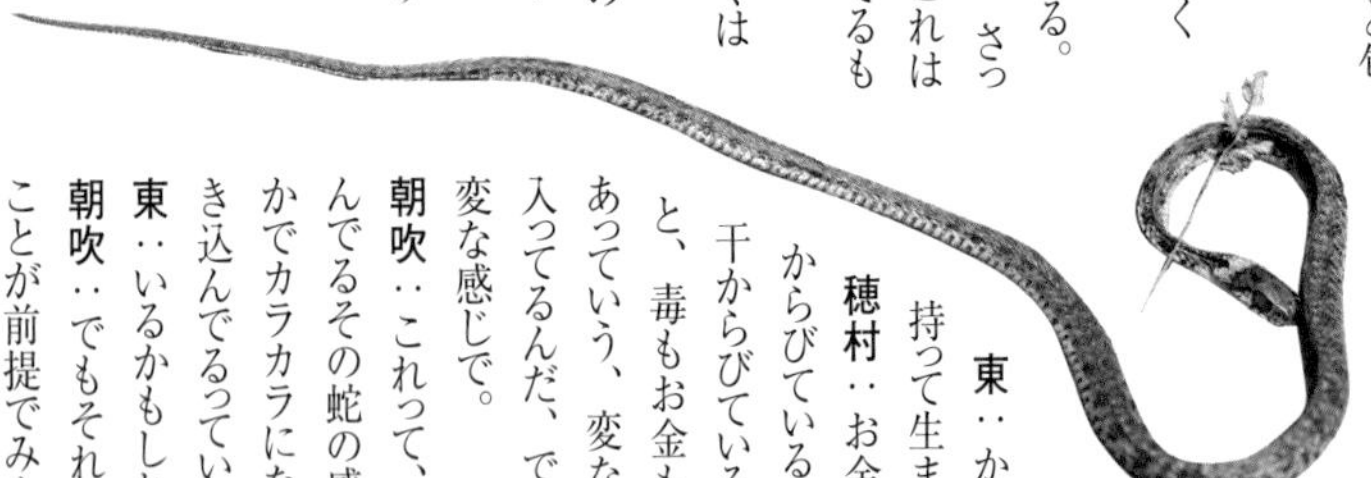

穂村：覗き込んでたもんねえ、実際に。毒蛇だって言われたとき、ちょっと変な気がしたじゃない？　赤ちゃんの蛇が死んでいる、っていうイメージだったんだけど。

東：かえって哀れさがあるよね。毒を持って生まれてきて。

穂村：お金持ちのおじいさんがカラカラに干からびているとか、才能ある詩人がカラカラに干からびているとか、カラカラに干からびちゃうと、毒もお金も才能も、もう機能しないんだなあっていう、変な気持っていうかさ。この中に毒が入ってるんだ、でももう機能しないなあ、みたいな変な感じで。

朝吹：これって、私たちは一緒にいたから覗き込んでるその蛇の感じが伝わるけど、これが漢方とかでカラカラになったマムシとか、ああいうのを覗き込んでるっていうふうに読む人っているんですか。

東：いるかもしれないけど。

朝吹：でもそれは、吟行に一緒に行ってるっていうことが前提でみんな読むんですよね、こういうのって。

東：そういうのはそのうち外れていくけどね。でもまあ、毒を持つ蛇がカラカラに干からびているだと、漢方かなとも思うけど、「子ども」ってあるところがミソじゃないかなあ。

朝吹：そっかそっか。

東：子どもってあるから、なんとなく、野生のものがそこにあったんじゃないかなと、思うので。これこのままでいいと思うなあ。

朝吹：確かに、漢方の売り場だったら、「マムシ」とか固有物になりますよね。

穂村：なんか全然変な余談になっちゃうけど、十数年ぐらい前に、東さんも知ってるけど、共通の友人で、若い才能のある女の子が自殺しちゃったんだよね。その時、みんなショックを受けて悼んでいたけど、ある女性が憤然として、「それなら才能を私に置いてってほしかった」と言ったの。

朝吹：わ、すごい。

穂村：それが妙に印象に残っていて、そうは言っても死んじゃった人から才能は取り出せないしみたいな。

東：そういうふうに読んでみると、非常に悲しい、胸にしみる歌になりますね。

穂村：お金使い果たして死にたいよね（笑）。

朝吹：勝新みたいに借金まみれで死ぬのもいいね、もう絶対返せない。

穂村：そしたら得したことだもんね。

朝吹：やりたい放題。

東：人生の恥はかき捨てみたいな、周りは迷惑だけどね（笑）。

青地蔵は光を眺め赤地蔵は草を見つめる鞠の小窓に　東直子

穂村：僕らは実際青地蔵と赤地蔵を見たけど、これは見てなくても成立する歌ですよね。これもうまくいってると思うんだけど。「鞠の小窓」は、普通に読むと意味がわかんないわけだけど。あの丸かった窓のこと言ってんのかな。でも小窓じゃねえなあ、あれ。

東：大窓（笑）。

穂村：あれ大窓だよね。でも何となく雰囲気で、童謡とかわらべ歌みたいな感覚で。歌詞最後までわからないですよね、「かごめかごめ」とか「とおりゃんせ」とか。だけど、それなりに雰囲気でわかるっていう感じで。ポイントは光と草の組み合わせなのかな。光を眺め草を見つめっていうのは。たとえばこれが光と闇じゃあ全然だめで。

朝吹：怖い。

穂村：ちょっとずれてるんだよね。土と草でもだめで、花と草でもだめで、光と闇でもだめで。光と草の、ここをちょっとずらすと、なんかリアルな感じがするという、セオリーかなあ……。なんか現実にもそういうことはよくあって、カテゴリーとかレイヤーが、ちょっとずれるとリアルに感じるんだよね。例えば知り合いの娘が、ハナとモモなんだよ。花と桃。そうするとさ、おかしいじゃん、レイヤーが。

朝吹：変だね。

穂村：花と雪とか桜と桃ならわかる。だけど、花の中に桃は入るじゃんみたいな。でもその位相のずれが、なんかリアリティを生むっていうことがあって。それを完全にデジタルにぴっしり切り分けると、リアルじゃなくなっちゃう、っていうのかな。東さんはもともと、意識がそういうふうにカテゴライズされてないから、自然にうまくいってるって感じですよね。

東：写真を撮ってきてみたら、光が当たってるなと思って見てたんだけど、青地蔵はこう、わりとまっすぐで、光を真っ直ぐ浴びてる感じで。赤地蔵は首をかしげて下向いてるの。本当に見たまんまで書いたんだけど。

朝吹：青地蔵と赤地蔵と、実際のふたつも相当

牧歌的だったけど、この青地蔵が光を眺めてとか、遠々しい感じ。眺めてるっていうことは、焦点が、フォーカスが何かに当たってなくて、気持ちよさそうに、いろんなこと考えてる。青地蔵も赤地蔵も、全然違うんだけど、二人とも偉大な夢想家っていう感じがする。草を見つめてるのと光を眺めてるのと、現実もちゃんと見てるんだけど、もっと夢想家なところがありそうな感じがする。しかも「鞠の小窓に」って、さっきの丸も想像するけど、そうじゃない、鞠ゆうとかになって、木とかが入ってるいろんな小窓を想像するけど。うまく言えないけど、鞠の小窓なんだけど、地球みたいにもなってて、その上にボフンボフンって青地蔵と赤地蔵がいるようなイメージもある。

東：丸い、球体の上に乗ってるみたいな。ああそれも、イメージとして。

朝吹：かわいい、なんかすごく、ほかほかしてる。

東：これ実は挨拶句で、「まりこ」が入ってる。

朝吹：ああ！

穂村：だから鞠なんだ。

東：最初「まりこの窓」にしてたんだけど、それはちょっとやり過ぎかと思って（笑）。鞠で、丸いし。ここは挨拶の歌を作らねばと。

朝吹：うれしい、ありがとうございます。

穂村：光は朝を感じるし、草は草笛で吹くことができるから、「朝吹」が隠れている。

東：そうなんです。

朝吹：本当だ！

東：草まで考えなかったけど、朝の感じ、光の感じと、真理子で。折句みたいなのいろいろ考えたんだけど、うまくいかない。意外と文字数が多いんです、朝吹って。難しかったですけど、「まりこ」を入れるのが、かわいくできたので。挨拶の歌として受け取っていただければ。

朝吹：すごい、ありがとうございます。うれしい。燦々としてて、ほかほかでうれしいです。

東：なんか真理子さんて、人間を超えた存在みたいなところがあるし、言いあらわしがたい（笑）。天然っていうのとも違う、人と人の間にある境界や枠をひゅってめくるような感じがあるような気がして。時空を超えて、違うところにひょんって飛ぶような感じがする。鬼にならつけるけど、お地蔵さんに青地蔵とか赤地蔵とか、こんなふうに色を付けてるのを初めて見て、面白かったので、作ってみました。

朝吹：幸せなほかほかをありがとうございます。

東：じゃあ最後、穂村さん、多めに作った四首め、最後の歌をお願いします。

日本樹木保護協会蘇生外科治療番号1286号ビャクシン　穂村弘

東：これは、円覚寺にあったビャクシンのところの立て札に書いてあったものをつなげて、なんと短歌にしてしまったという、すごい力技の歌です。

朝吹：こういうタイトルのSFがあったら読みたい。

東：その発想がおもしろいですけど、ちょっとありそうですね！

朝吹：よくいろいろと「異化する」っていう言い方とかするけど、こういうことなんだ。

東：そうですね。私もあそこ面白かったんで、「病深きビャクシンの」と、短歌的に切り込もうとしたんだけど、圧倒的にそこに書いてあった「蘇生外科治療」のほうが強くて面白いんですよね。しかも番号があるっていう。囚人みたいな番号。ビャクシンも、なんか聞いたことあるようなないような、微妙な感じが面白くて。「蘇生外科治療」だけ切り取るとか、「ビャクシン」だけ切り取るとか、いろいろしてみたけど、この手があったかと、「参りました」っていう感じで。最初からこれはもう、全部やっちゃおうと思ったんですか？

穂村：あれ目立ってたよねえ。蘇生外科治療っていう言葉が、「ええ!?」って、「じゃ内科治療もあるのか?」とか思うよね（笑）。

朝吹：すごいね。

東：わざわざ書いてるところがね。普通人間は何か病気したり怪我したら外科治療もするんだけど、いちいちそんなことは書かないし、他の木でもそんなこと書かないよね。天然記念物だからっていうことですよね。

穂村：なんかSFっぽいよね。ビャクシンってちょっと、人名っぽいし。蘇生ってことは、あの状態は死んでるってことなのかな。

朝吹：一度心肺停止してる。

東：死にかけてた？　皮がもうめくれてたもんね、ぴーって。ああなると普通、木は死んじゃうよね。

穂村：僕も今整形外科通ってるから、シンパシーがあるよ。
東：写真撮ったけど、ちょうど腕みたいに枝が広がってて、人間の体みたいだったよね。痛々しさがあった。でも歌にする時、下手に「痛々し」とかやるより、ぶっきらぼうにバンって書いた方が、面白いよね。
朝吹：すごいこの歌、不思議。
東：実際にある言葉を、定型に当てはめるのがすごく難しいと思うんだけど。「日本樹木保護協会蘇生外科治療番号１２８６号ビャクシン」、ちょっと字余りではあるのか。
穂村：「12号」ぐらいでちょうど合うぐらいじゃない？　でもやっぱ「12号」で字余りでなくしちゃうと、うまくないよね、たぶん。
東：この字余りがリアルで面白い。これどういう番号を付けたんだろうね。
朝吹：でも一二八五体がほかにもいるってこと、ですよね。
東：すごい量だね。
穂村：蘇生されてるわけ。
朝吹：でもここまでして、人間の都合では生きさせたいけど、ビャクシンとしてはもうよかったかもしれないもんね。もう死にたかったのに胃瘻にさせられたとか、そういう感じのかなしみがある。
穂村：尊厳死が許されない。
朝吹：私すごく感動したのは、粘菌って瀕死のときに、一番輝くんだって。

東：竹は枯れるときに花咲かすっていうもんね。

穂村：人間だって、自分がすごいダメージを受けた時は、子孫を残そうみたいに。

朝吹：古井由吉さんが、小さい頃に、空襲のあとに、何にもない更地で、男女が交ってたのを見たっていうの。空襲で全部焼けたあとに、きっと傷だらけとかになってるのかもしれないけど、すさまじい勢いでセックスしてる男女を見たって。それ私すごく、人間ってそうだよねと思って、けっこういいなって思った。

東：なるほどね。人間の業を感じますね。ということでひととおり終りましたが朝吹さんいかがでしたか。

朝吹：難しかった。

東：でも朝吹さんの言葉の摑み方って、やっぱり俳句より短歌な気がするなあ。短歌、ぜひまた。

朝吹：でも難しいー。歌って、すごい。

東：また作りたいですか（笑）、だめですか。

朝吹：えっと、また、作りたい、……歌だってことがわかった。

東：歌がわかった?

朝吹：歌である。つまり、短歌がやっぱり歌だってことを今日ちゃんと知ることができて。

東：そうですか。短歌の歌集を読むときの感じも変わるかもしれないですね。お疲れ様でした。

一同：お疲れ様でした。

二〇一二年六月四日〔鎌倉散策〕

ゲスト紹介

朝吹真理子（あさぶき・まりこ）

東京都出身。慶應義塾大学大学院文学研究科国文学専攻修士課程修了。『流跡』（新潮文庫）で第二十回Ｂｕｎｋａｍｕｒａドゥマゴ文学賞、『きことわ』（新潮文庫）で第一四四回芥川龍之介賞（平成二十二年度下半期）受賞。

藤田貴大（脚本家）in 東京タワー

オレンジに発光したあれ背に歩くこの気持ちとはあれだ、あれあれ　藤田貴大

東：さすが、リズムが。

穂村：いいですねえ、僕たちは今日一緒に過ごしたので、「オレンジに発光したあれ」があれだなってわかるけど、わからない人にとってはわからないから、それを意識すると、東京タワーというふうに言葉を入れたくなるんだけど。その、誘惑を退けているというところと。なんていうんだっけ、これ、指示代名詞っていうんだっけ。普通「あれじゃわかんねえよ」とか会社とかでは言われることを、やってもいいっていう短歌的セオリーがあると思うんだけど、それを、直感的にもう、つかんでいるっていうことと。もともと「マームとジプシー」のお芝居はリフレインがすごく印象的だけど、短歌にも基本的にリフレインっていう手法があるから。

東：ホントにね。

藤田：こういうことするのめっちゃ緊張するわー、ありがとうございます（笑）。

東：あと、色ね。背景があって気持ちがそれと響きあう、色の構成がすごいうまいなと思って。オレンジに発光するということだけしか、この歌の景色として描いてない。あと書いてあるのは「あれ」とぼやかされた気持ちだけなんだけど、でもそうすると、「オレンジ」と「あれ」と言われる気持ちが響きあう。直接的に気持ちのことを指してる訳ではないんだけども、気持ちを指し示すヒントとして、それが作用してとても美しい。なにかわからないけれども美しいものを手渡されたような気持ちになっていくのが見事ですよね。「背に歩く」っていうのがいいんですよね。そこに向かってじゃなくて、何か背にあるっていう。

穂村：普通に読むと、夕日みたいにも読めるかもしれないですね、これはね。

東：確かに。

藤田：ああ、なるほど。そっか。でも、ぎょっとしましたよね。最初、東京タワーに入るときってあんな光ってなかったじゃないですか。

東：そうですね。

藤田：あれはちょっと怖かったな。
東：そうですよね、昼間見ると普通に、マットな感じの鉄の板なのに。マットだったはずの鉄板が、全部光ってる感じになってましたよね。
穂村：あのライトアップいつからだろうね。
東：昔っからじゃないの。
穂村：そうかなあ。すごい迫力ある。
藤田：迫力ありましたね。
東：どうなってるんだろう、あそこに小さな電気がついてるんだろうか。不思議よねえ。あの鉄板が発光体になるっていう。たしかに、発光なんですよね。「この気持ちとは」で、普通の歌人だったらここに、何か置いちゃうんだよね。
穂村：うん。
東：だけど「あれだ、あれあれ」で、音楽的なものに変わっていく気がするんですね。ちょっとラップっぽいっていうか。
（編集：一九八九年ぐらいかららしいです。照明業界では有名な女性がプロデュースしているようで、それまでは周辺からのライティングは無く、タワーにとりつけられている電球が光るようになっていたらしいです。）
東：そうなんだ。今は色が、いろいろ変わったり

するんですよね、電球みたいなので。そっかじゃあ、一九八九年ってことは平成元年からか。へーそうか、平成の象徴なんだ、光る東京タワーっていうのは。じゃあ、昭和の東京タワーは夜になると真っ暗だったの。

穂村：歩いててぶつかったりして「イテ」とか（笑）。

東京タワーのあんな所に載っていたあの雑巾はどうなるだろう　穂村弘

東：さっきの藤田さんの短歌にもあった指示代名詞が使われていますね。

穂村：うん。

東：これも、二つの指示代名詞を畳み掛けていて。「あんな」、「あの」ってなにも指し示していないようだけれど、作者の中ではどこかっていうことが指し示されていて。そうすることによって、読む人それぞれの「あんな所」、「あの雑巾」を想像して、自分のものとして受け取れるっていう。抽象的な「あの」が効果的で、一人ひとりのなかで具体的に輝くというか。で、東京タワーっていうと普通はもっと大きなものとしてとらえるんだけど、「雑巾」っていう卑近なもので、ありえないわけじゃない感じが、いいですよね。それは、東京タワーを掃除するためのものだったのかもしれないし、どこか風に乗ってきたのかもしれないし、何か時代の置き忘れものみたいな、象徴的な意味もあるんじゃないかなと思って読んだんですけど。

藤田：僕は高いところが怖いなって感じたのは今日が初めてだったんですけど。東京タワーの窓から鉄骨を見たときに、なんかもうちょっと丁寧に赤い色が塗ってあるだろうって思ってたんですけど、剝げてて。ああいう細かいところを見てすごーい怖くなっちゃったんですね。

東：ああ、なるほど。

藤田：だから、あんな高いところにある錆とか、剝げてるし、細かいところとか見ると怖くなるんですよね。より孤独みたいなものがあって、それを思いました。この歌は、どこに雑巾があったのかとかわかんないけど、なんかその、雑巾っていう登場人物というか、登場してきたものが、やっぱりすごくいいと思います（笑）。

穂村：エレベータから外見てたら、なんか雑巾が鉄骨の上にあって。

藤田：ああ、そういうの謎ですよね。

穂村：ちょっと離れるとものすごいオーラのある輝く塔なんだけど、実際に接近すればまあそうだろうなとは思ったものの、すごい塗装もはげはげで、変な網が絡まってたり、まあ使ってるんだろうけど、緑のネットもあったし。雑巾みたいな布も載ってた。その、下りて振り返ったときが一番インパクトあったじゃない（笑）。ライトアップされて「おー」みたいな、あそこに載ってたんだって、そのギャップの可笑しさみたいなものがたしかにあって。

藤田：そっかそっか。

穂村：藤田さんが言ったみたいに、観覧車とかも乗るとさ、僕つい留めてるボルトを見ちゃうんだよね（笑）。大丈夫だろうな、みたいな（笑）。そうすると一個一個が現実の仕組みで出来てるってことを痛感してしまって。

藤田：ああ、これはちょっと怖いっすね、だとしたら。

東：中に入ると急に生活感がある。中に入ると、そうね、美しさが感じられないの、確かに（笑）。ライトアップされてから乗ってもなかなか感じられないよね。

藤田：うんうん。

東：東京タワーの内部。

穂村：スカイツリーどうなんだろうね（笑）、まだ剝げてないけど。

藤田：剝げてないけど、そういうボロは見えないのかなあ。

東：スカイツリーにはそういう雑巾あったりするのかなあ。東京タワーだからこそっていう気がするねえ。独特のクオリティが……、あの蠟人形館とかも。

藤田：なんかB級感というか、あの感じが。逆にノスタルジーみたいな雰囲気もちょっとある気がする。

穂村：出来立ての頃はねえ、ピカピカだったんだろうけど。そもそもあれって、塗られた建材で組んでるんだよね、おそらくねえ。

藤田：そうですよね。あそこに行って塗るわけじゃない。

穂村：あれってさ、誰が塗ってんのかなあ。

藤田：でも多分、錆止めとかも塗らなきゃ無理ですよね。あんな、鉄骨のあれだったら。

穂村：なんかスカイツリー行った方が、短歌は作りにくかったような気がするなあ。

藤田：多分（笑）。でもスカイツリーは制服がミナ・ペルホネンですよね。

穂村：はいはい、皆川さんのね。

藤田：それがすごく見てみたいけど。

穂村：でもさあ、東京タワーもずいぶん、女の子みんなかわいくなかった？

藤田：かわいかった！

穂村：だよねえ。

藤田：最初の一階の、受付の人たちがすごいかわいかった。

穂村：だよねえ。

てっぺんで空つきさした（大丈夫）機械縮んでポケットの中　東直子

穂村：これも、平然と、普通本来必要になりそうな情報を読者に与えていない作りですよね。まあ僕たちは今日体験を共有してるから一応、上はわかる。「てっぺんで空突き刺した」のがなにかっていうことはわかる。で、（大丈夫）って言うのが意味を得るんだけど、「機械」はわかんないなあ。

「機械縮んでポケットの中」ってなんなんだろうなあと思ったんだけど。藤田さんわかります？
「機械」。

藤田：「機械」は、そうですね。でもあの、感じはわかる（笑）。すごくその、なんだろう。けっこう大きいものとか、けっこうメカニックなものが、ポケットの中みたいなところのミニマムなところにすっと行くみたいなことを、僕は今聞いて感じたんですけれども、どうなんですかね。

東：穂村さんが、クレーンをどうやって降ろすかみたいな話してたときに、最後小さくなってみたいな……。

穂村：ああ。

東：ポケットに入れて、降りていくみたいな。

穂村：なるほどそう言いましたね。

東：最初、「赤白の機械縮んで」ってしてたんですけど。そこを高いところを怖がっていた藤田さんの挨拶歌にもしようとして、「もう大丈夫よ、機械は縮んでもうポケットのなかにあるから高いところも大丈夫」みたいな。

藤田：なるほど（笑）。

東：そこでちょっと混乱させちゃったかな。

穂村：「最後に小っちゃいクレーンをポッケに入れて降りてくるんだよ」みたいなことを言いましたね。

東：そうそう。穂村さんがそう言ってたのが非常に印象に残っていて。本人は覚えてなかったんだ。

穂村：「クレーン縮んで」じゃだめなんだ。

東：あ、「クレーン」にすればいいのか。そうね、

別にこれ機械ってそこまでぼやかさなくても、クレーンの方がいいか。

穂村：「クレーン＝機械」っていうのが、今ひとつこう。「機械」って言われるとね、もうちょっと携帯とか。

東：確かにね。自分の中では、「空つきさした」って言ってるので、もうそこにクレーンの映像があるので、またクレーンって言うとしつこいかと思ってしまった。それは私の頭の中だけで、「クレーン」って言った方がいいかもしれない。

穂村：その方が、魔法感というか。

藤田：ああ。

東：「クレーン」にしようかな。あるいはルビで「クレーン」と入れるとか。

穂村：うん。それでもこの歌は別に損なわれないような気が。

藤田：なるほどね、そういうことですね。

東：ちょっと情報量多くなっちゃった。

藤田：そうですね、あれも怖かったな（笑）。なるほどな。

東：あまり「怖がっている」って書くのもどうかなと思って「大丈夫」と。

藤田：（笑）。

まるまる背いつからこうもまるまったか視線の先のテレビには、イチロー　藤田貴大

藤田：「まるまる背いつからこうもまるまったか視線の先のテレビには、イチロー」。

東：これはおじいちゃんの姿？

藤田：おばあちゃん、ですね。

東：おばあちゃんが、丸まってテレビ見てて、その視線の先にはイチローがいるという。ちょっと昭和な。なんかこう。まるまってるのが現在だけど、だんだん、最後の「、」の先は時間が遡ったような感じがなぜかしますね。これも、「まるまる」がリフレインしてるけど、そこが、楽しい感じで。背中がまるまるっていいことではないんだけど、ツルツルしたかわいらしさが、「まるまる」を二回繰り

返すことによって出てくるような気がします。本当に、「背がまるまって」とか一回だけだと普通のおばあちゃんだけど、なんかもうちょっと違う、球体化したような、かわいらしさを感じます。

穂村：誰かっていうことが書かれなくても、齢とった人で、そして「いつからこうも」って書かれることによって、まるまってなかった時代を知っているっていうことがわかるから。まあ親しい齢をとった人っていうことが伝わりますよね。あとは「視線の先のテレビには、イチロー」がひどく生々しくて、なにか現実に見たものを言葉にしたっていう感じがすごくします。さっきの歌もこれもそうだけど、それがあることで情報量を散文的に提示しないことが、許されるっていうのかな。ある日ある時この人が本当に見たものを、詠っているっていう感じが、この下の句の「テレビには、イチロー」あたりから伝わってきますね。藤田さんはけっこう短歌向きな感じが。

東：そうですね、前回の朝吹さんの読みどおり。

藤田：そうですか（笑）。

東：情報の省略の仕方、言葉の響かせ方、リズムですよね。「テレビには、」ここで一休止置いて「イチロー」っていう。「テレビにはイチロー」と普通つなげちゃうところだけど、そこにちょっとアクセントを置く感じ。なんか、短歌の粋美というか、すごいなあ。

穂村：「まるまる」っていうのも「丸まる」にす

ると、普通の散文でも用いる動詞なんだけど、こんなふうに上を開かれて「まるまる」ってやられると、正常な動詞ではない気配が漂いますよね。

東：ちょっとオノマトペ的なんですよね。普通の使い方ではあるんだけど。

穂村：そういう直感的なセンスが、非常にするどいっていう感じがしますね。

東：センスの活きがいいって言うか、言葉の活きがいい感じですよね。これは実際に自分の記憶の中にあった風景なんですか？

藤田：そうですね。なんか、僕の祖母はBSの大リーグばっか見てるんですよね（笑）。

東：おばあちゃんイチローファンなんだ。

藤田：そうそうそう（笑）。松井とかイチローとか、大リーグとかばっか見てる。

穂村：「大リーグ」って古いなあ。藤田くんの世代でも「大リーグ」っていう言葉使うんだ。

東：「大リーグ」って言葉古いの!?

穂村：「メジャー」？

藤田：「メジャーリーグ」か。

穂村：「大リーグ」って完全に「巨人の星」の時代の「大リーグボール一号」って（笑）。

東：え、「大リーグ」って言わないの⁉
藤田：「大リーグ」って言いますよ。
穂村：今言わないよ。「メジャー」っていう。
藤田：「メジャー」か、そうか。
東：私の頭のなかでは完全に「大リーグ」だ。
穂村：僕も完全に「大リーグ」世代で、言うたびに、「それって巨人の星っぽい」って言われるよ。
藤田：ニュースは完全に「メジャー」。
穂村：なんだっけ、MLBとか。
東：そうか、大リーグってもうだいぶ古いんだ。
穂村：だって、「メジャー」を「大」っていうのは、ちょっとしたもんだよ（笑）。
東：そういえば（笑）。
藤田：そうですよね（笑）。
穂村：だから逆に短歌とかには使える言葉かもね、今はね。
東：「大リーグ」って使いたいですよね。
穂村：「メジャー」より「大リーグ」の方が。

東京タワーの中で小さな東京タワー買ってそーっと近づける顔　穂村弘

東：入れ子細工みたいな。「そーっと近づける顔」で、顔を近づけている人物が浮かびそうなんだけど、どちらかっていうと東京タワーの中に自分が入ってて、顔ががーって近づいてくるような。逆転がおこって、それが面白いですよね。
藤田：絵として、巨大なタワーがあって、そのなかで小さなものがあって、しかもそれが「そーっと」っていう、距離というか、動きというか、そういうのが最後の「そーっと」で、ビジョンとしてアップにしたり引きの画面になったりのところの、速度みたいなものが、出てて。音としてすごい、空間が頭のなかに現れるような。「近づける」とかっていうこととか、ちょっとあるのかな。
東：そうですよね、だんだん小さくなっている。マトリョーシカみたいに。
藤田：そうですね。でもここのお土産屋さんヘンでしたよね。ヘンというか、今、大きい東京タワーに来てそれで完結でいいはずなのに、その中で小さい東京タワーを買って帰る人たちがいっぱいいるって、そう考えるとヘンですよね。

東：またその小さいの覗くと東京タワー買ってる小さい人がいるんですよね。面白いですよね。「そーっと」がないとその感じが、中でまた人がいるんじゃないかっていうのがないかもしれないけど。「そーっと」ってすることによってその中にある神秘性を、暗示しているので。それがうまいところですね。

穂村：おもちゃの東京タワーに顔を近づけると、その中に藤田くんと東さんと僕の小っちゃいのがこういるっていう感じと。同時に、そうやってる自分の顔を上げると窓の外に自分の顔が迫ってくるっていう、入れ子で。なんか、入れ子に対する変な面白さみたいな感覚ってねえ、あるよね。

藤田：うん。

穂村：洗剤を持った女の人の絵のなかにその洗剤を持った女の人の絵があってっていう。そういう広告って一つのパターンであると思うんだけど、東京タワーとか、中で同じものを売っていると、その感覚がちょっと発動するっていう。

東：こういうのって東京タワーかスカイツリーじゃないとね。東京タワーの方がより透かし感があるかな。透けてるような。中が覗かれそうな、よく中が見える感じがあって。「東京タワー」っていう、妙に響きのいい語が二回も出てきて、ラップ効果みたいなのが出てますね。

穂村：なんか「おもちゃの」とかしない方がその入れ子感が出るのかなっていう感じですよね。

藤田：なるほど。

東：『東京タワー』っていう小説もあるけど、なんか東京タワーって言葉の響きがおもしろいよね、タ行と、カ行で。「近づける」、このへんもカ行で。カクカクした感じが全体としていいよね。

藤田：そうっすね、「東京」「東京」と、「ち」、「ち」っていうタ行の……。

東：「小さな」「近づける」、このへんは意識してタ行を使った感じなんですか？

穂村：そこまでは意識しなかったですけどね。顔を近づけるみたいな形にしていたのを最後倒置にして。「そーっと近づける顔」の方が入れ子感が多分強まるだろうという。

東：名詞で止めることを体言止めっていうんですけど、そうした方が、箱ができるっていうか。動詞止めにすると余韻が出て、じわじわっと情感を伝えるときは動詞止めにするんですけど。こういう面白さ+妙な迫力みたいなのはこの体言止めがとても合ってる気がしますね。

穂村：ありがとうございました。

人間の巣穴海までひろがってアワテテ逃げる車がミエル　東直子

藤田：今日上から見てるときに、僕も巣穴みたいだなってホント思いました。ちょっとぞっとした。それで、夕暮れだったじゃないですか。夕日ががっと見えたときに、ちょっと下見たらビルとか家とかがすごいボコボコしてて。その感じとレインボーブリッジの方は海の方にひろがってる感じもして、あの禍々しさみたいなもの。あの怖さっていうのはあの高さに行かないと見れないんだろうなと思って。あのヴィジョン《絵》っていうのはすごいなと。

穂村：二十何階とか高いホテルに泊まったりすることがあるけど、それでも見られない景色が今日は、角度として見えたよね。

藤田：そうですね。

東：海まで見えたものね。

穂村：海まではっきり見えるっていうのがやっぱり東京タワー高いなって、思ったよね。

藤田：飛行機が羽田空港に着く直前に見る風景とまた違うんですよね。垂直に上に上がったからかもしれないけど、飛行機って斜めに着陸していくから、それで着陸間際に眺める東京と違いますね。

東：飛行機はむしろ帰ってきた、きれいだなって思うんですよね。自分も動いてるしね。

藤田：むしろバンて見下ろす、縦に上がってきたからかもしれないんだけど、すごい、見下ろすじゃないですか。

東：そう、神のように見下ろして、自分が動けないっていうのが大きいんじゃないかな。

藤田：ああ、なるほど。

東：こっちは閉塞して、思わず「逃げる」っていう言葉使っちゃったけど。この人たちは逃げているけど、私たちは動けない。ここで何が起きてもっていう、怖さっていうのはやっぱりその辺かなあと思って。

穂村：自分が人間の視点のレベルに立ってると、自分の住処のことを「巣穴」とは思わないで家とか思うし。その自分の恋愛とかセックスのことを「交尾」とか思ったりもしないんだけど、ちょっと神レベルに見ると、「あ、人間のオスとメスが交尾をしている」って思うわけじゃない。我々は恋愛とかセックスとかの言い方でそれを隠ぺいするけど。でもそれは種の数を増やすための交尾じゃよ、みたいな。我々が蟻を思うように、その神の視点を借りると、「おお、巣穴を作りおって」みたいな。元海だったとこを埋め立てて、「働き者の蟻よのお」、みたいな感じになるけど。やっぱそれは今日上った高さがその視点を僕らに与える。

藤田：ホントそう。今の話ホントそう思います。だから、達観したときに人間が動物に見えたりとか。

東：うんうん、そうだね。東京タワーの大きさに、あそこまで行くと妙にそういう。ちょっと下の句が嫌みな感じかなと思いつつ出したんですけど。

穂村：まあ、韻を踏んでてね、面白いっていう感じはあるねえ。

藤田：今そのセックスの話は本当すごくそうですね。

穂村：だから、恋愛とか苦しくなると、ちょっと離れて考えてみようと。所詮人間のオスとメスの交尾じゃんみたいに思って、楽になろうとするときってあるよね。

藤田：そうそうそう、そういうこと。自分のセックスのことを、そうは思わないですもんね。だけど、好きな人が違う男とセックスしてることを考えた時点で、それが発動しますもんね。
東：ああ。
穂村：交尾すんじゃねえよっていう冷ややかな視線（笑）。
藤田：そうそう。いきなりそんな、この引きの画面になったときに、人間としての何かを軽んじるというか、その感覚がすごくわかる。
東：そうねえ、そうやって自分の気持ちを守る感じ。
穂村：まあ母子関係なんかもそうだよね、その意味では。
東：ああ。
穂村：母親と子供の関係が非常に美しいかのように思おうとして生きているんだけど、動物を見るとああ、でもこれは本能の領域大きいよなって、改めて思ったりする。
藤田：中勘助さんの『犬』を舞台化したことあったんですけど、それはもう、「犬になる」っていうことなんだけど、でもなんか、犬に犯される女の子みたいな感じになってくるんだけど、その女の子がけっこう自分が今してる行為を客観視してるか

ら、結局その女の子も犬なんだと僕は思ってて。その、見下ろすとか見下すみたいな部分って実はあったんじゃないかと。でも、このカタカナとかが、また無機質に入ってくるところがあるかもしんない。

東：直感的にカタカナを使ってしまいましたけど。

穂村：演劇、演出する人とかは、否応なく上からの視点を持たないと、俯瞰しないと全体を制御できないから、必ず一つにおいてはその視点を持ってると思うんだけど。短歌作る人はわりとその逆で、非常に地べたから離れないタイプの人が多くて。

藤田：ああ。

穂村：それも一つの凄みなんですよね。どこまで行ってもこの人は地べたから足を上げないよなあみたいな。そういう迫力も、表現ジャンルによってその辺に違いは感じるね。

東：病気で臥せって動きたくても動けないような感じ。それがまた変な迫力を。近代の結核をやってる人の短歌とかすごい迫力あるんですよね。今日は珍しい歌作ってみました。

地デジだの電波がどうだのでもうちにはテレビがないのだったそういや、そういえば

藤田貴大

穂村：これを読んで一番面白いと思ったのは、濁点の多さですかね。「地・デ・ジ・だ・の・電・波・

が・ど・う・だ・の・で・も」。特に前半の濁点がすごくて、それがなんか電波っぽいっていうのかな。そういう音感の良さを感じますね。

東：そうですね、低音な感じで。濁音って、ノイジーな感じで、ビリビリしてる音で。今日は放送記念館で昔のラジオの音とか聴きましたけど、全部ビリビリしてましたもんね。そういうのに響きあうので、やっぱり、今日は響いたのかな。

穂村：テレビないの?

藤田：テレビ地デジにつないでないから見れないですね。

東：ブラウン管はあるの?

藤田：はい。でもあまりつながなくても不便なくて、つながないままです。

東：じゃあ、ワンセグとかも見ないで。

藤田：見ない。でもワールドカップはたまにワンセグで見てました。目が疲れるけど（笑）。

東：パソコンとかもあんまり使わないの?

藤田：そうですね、インターネットも見ないんで。

東：へえー。だから「大リーグ」になっちゃうのかな（笑）。

藤田：（笑）。

東：私も仕事場にテレビを置いてないから、平日はほとんど見てないんですよ。一瞬「テレビがないのだったそういや」って目で見るとちょっと散文的に見えるんだけど、声に出すと独特のうねるようなビリビリ感とリズム感があって、おもしろいですね。「そういや」と「そういえば」の微妙な差も面白いし。かなり字余りだけど。

穂村：やっぱ耳のいい人っていう感じしますよね。

東：そうですよね。

穂村：実際お芝居のタイトルもこういう句読点の打ち方よくしてるもんね。

藤田：まとまらないっていう、タイトルが（笑）。

東：役者に喋らせたいような短歌ですよね、藤田さんの短歌はどれも。

穂村：なんか生々しさがありますよね。実際には人間はこんな感じで多分喋ってるんだろうと思うんだけど。そのまま文字化することって少ないと思うんですよ。

東京タワーに初めて僕がのぼった日二色ソフトが輝いていた

穂村弘

穂村：僕の今日の短歌は全部東京タワーだな。
藤田：素敵だな。
東：昭和ですね。二色ソフトもしかして東京タワーで初めて食べた？
穂村：そこまではわかんないけど、今の、二色が当然で、「えー三色ないの？」みたいな世界じゃなくて、なんか画期的な、輝かしい感じが。
藤田：いつですか？
穂村：いつだったろうなあ、霞が関ビルが一番高いビルだった時代ですね。
藤田：ああ。
東：そうなんだ。東京タワーよりも？
穂村：いやいや（笑）、ビルの中では霞が関ビルが一番高くて、その後サンシャインになったのかな。それから横浜のランドマークタワーだったかなあ、ちょっと順番忘れちゃったけど、そういうふうに一番が変わるんだけど、霞が関ビルの一番てずいぶん長かった記憶が。
東：ああそう。
穂村：うん。そういう時代ですよね。そんで親も子供に二色ソフトを与える時の、誇らしい感じね（笑）。
藤田：この二色ソフトっていう言い方で、親がいるっていうバックグラウンドがわかりますね。歌には登場してないんだけど、速攻でわかるというか。恋の話ではないなっていう（笑）、恋人とのぼったことを言い始めたんじゃないな、この人はっていうのが二色ソフトですぐわかるという、その感じが。
穂村：今日も「マンゴー」とかあったんだけどさ。
藤田：現代的な（笑）。
穂村：「マンゴー」っていう言葉そのものを多分知らないような時代。
藤田：マンゴーなんてなかったですよ。それ言うとキムチとかナムルとか、ああいうのもなんか日常的に食卓に並ぶなんてことなかった。
東：ほとんどなかったですね。
穂村：「朝鮮漬」って言ってたよね。
藤田：「キムチ」のこと？

穂村：うん。うちの母親はあれのこと「朝鮮漬」って言ってたよ。

東：それが食卓に上ることがまずなかったですよね。

藤田：まずなかったですよね。

東：十歳ぐらいのときドライブインでキウイフルーツ売ってて、一個、千円か二千円ぐらいした（笑）。

穂村：すごい。

東：「ニュージーランド行って買ってくるより安いですよ」って。でもマンゴーなんてまだなかったなあ。

穂村：かといってさあ、それまでソフトクリームを一度も食べたことがない人が初めて食べたときの感激ともちょっと違っていて、僕たちの世代の感動っていうのは。ゼロが、つまりなかったものが初めてソフトクリームを食べるっていうのはある正常な進化だと思うんだけど、それを二色にするっていうのは、非常にその後の日本の、大げさに言うと価値観を示しているっていうか。行きつく先はどこまでも行くじゃない？　その感じでさ。

東：日本人って工夫するもんね。

藤田：ああなるほど。

穂村：どこまでも贅沢になっていって飽くことを知らないみたいなさ。でもこの時点ではその第一歩だったから、まだ輝かしい感じ。

東：うん、そうよねえ。

穂村：今日、シンプルにバニラを頼んでる人を見ると「なんて成熟しているの、二色あるのにバニラでいいの？」みたいな（笑）。

藤田：（笑）。

穂村：「こんなに若いのにもうバニラなのか」「若いんなら三色ないのぐらい言ってみろ」みたいなさ（笑）。

東：なんでこんな所でソフトクリーム売ってるんだろうっていうところにあるよね。そんなとこでソフトクリーム食べなくても（笑）、売らなくてもって思うんだけど。この間だと那智勝浦の秘境みたいな所やっと登っていくと、てっぺんに「那智黒ソフト」とか売ってるわけ。

穂村：ご当地ソフトだね（笑）。

東：こんな所にもご当地ソフト、とか言って、写真撮っちゃうんだけど。でもなんだろう、律儀な感じと、ちょっと可笑しみがあるよね。わざわざこんな、東京タワーのてっぺんまで来て、下で食べればいいじゃんって、まさにそう。

藤田：でも穂村さんがのぼる前に、「のぼったらソフトクリーム舐めない?」って言ったのね（笑）。それがなんか、「おー、やっぱそういう場所だよな」って（笑）。僕、のぼったあとに居場所がないんじゃないかってすごくドキドキしてて。東京タワーののぼったそのフロアに僕の居場所がないのかなって（笑）。だから穂村さんの「ソフトクリーム舐める?」って一言が、「ああ、それでいいんだ、のぼったら」って（笑）。

穂村：なんかさ、ハレの場とか、ハレの日とか、よそゆきとか、そういう概念がこのころはまだあったんだよね。

東：あったあった。デパート行くのもよそゆきだったよね。

穂村：そうそう、今よそゆきっていう言葉もないし、あと応接間とかも一番いい日当たりのいい部屋なんだけど、そこは家族は普段行かないところで、いつか来る客のためのスペース、ハレの日の客を迎えるスペースで。でも大邸宅でもなんでもなくて、三部屋ぐらいしかないのに使わない応接間があるみたいな。

東：私、応接間についてつくづく考えていて、この間エッセイにも書いたんだけど、やっぱり通信が発達したから、電話で済むようになるじゃない?　そうすると家に人が訪ねて来なくなる。昔は人と話すには歩いて会いに行くしかなかったから、頻繁に人がやってくるためにそういう部屋が必ず必要で、多分毎日のように使ってたんだと思うけど。

昭和の中期ぐらいまではそういう目的の応接間があったんだけど、だんだん消えていって。電話が普及して、今や携帯電話だしメールだし。

藤田：本当、その速度を速めるためのタワーでもあるじゃないですか。であったとして、また地デジがどうのとかいってまたタワーが建つみたいな。

東：そうそうそう。

藤田：すごい速度を、愚直に速めようとするじゃないですか。

東：そうですね。

藤田：その感じのところで、結局、二色ソフトは太陽に照らされ輝いてるみたいな。そこにクッてくる、違うベクトルの速度もあるじゃないですか。その感じが。

東：文明の最先端だったものが、今やちょっと古びてきてて。二色ソフトの二色も、東京タワーって赤と白の二色な感じがして、その辺も響きあってますよね。

藤田：ああなるほど。

東：おもしろいですね。

穂村：ありがとうございました。

死んだ人も生きてる人もかたどられ東京タワーの腎臓にいる　東直子

穂村：蠟人形館ですかねえ。行く前は、生きてる人の蠟人形もあるのかなって、なんとなくね（笑）、別に根拠あるわけじゃないんだけど、死んだ人のはある気がするんだけど、生きてる人のがあるのがちょっと変な感じが。なぜしたのかわからないんだけど。

藤田：（笑）。

東：そうでしたね。宇宙飛行士とか。

穂村：そう。

藤田：「僕の叔父さんだし」とか思って（笑）。

穂村：叔父さんだってありえるよね。

東：「叔父さんこんなところで蠟人形になって」みたいな。まだ生きてるのにって、なんか後ろめたい。

藤田：あの祀られ方は、なんかすごく嫌だ（笑）。

東：冷たい感じありますよね。

穂村：やっぱ本人の許可取るんだよね。

東：そりゃそうだよ（笑）。
藤田：確かに昔のB級ホラーなんか見ても、蠟人形っていったら死のイメージありますよね。
東：ありますよねえ。生きたままやると、美少女をわざと殺して閉じ込めるみたいで。そういうイメージはあるのかな。
藤田：でも確かに東京タワーの腎臓っていうと、なんかすごい腹の落ちどころみたいな箇所に、あれがあるんだと思ったら、ちょっと気持ち悪いですね（笑）。もたっとした。もたれてるような（笑）。
東：ちょっとタンパク下りてるみたいな。
穂村：うーん、東京タワーといえば蠟人形みたいなつながりって、どれぐらい強いものなんだろうね。僕らの感覚だとすごくそれは知られてることなんだけど。
藤田：僕は今日初めて知りました。
東：あ、そうですか。一度でも行けば、こんなところにと思うよね。
穂村：腎臓って何個あるの？
東：二つ。
穂村：膀胱じゃダメなの？
藤田：（笑）。

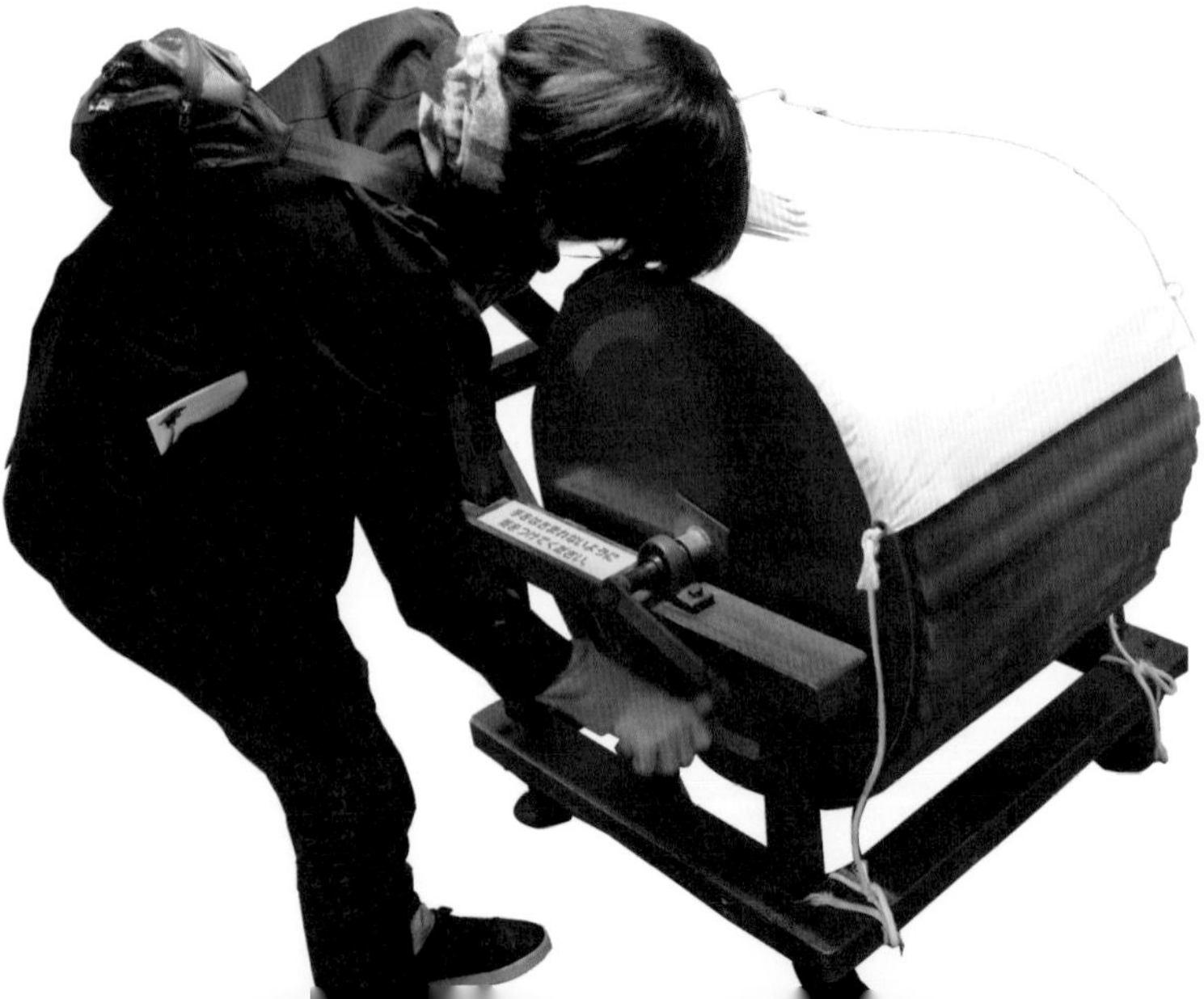

穂村：わかんないけど（笑）、二つあると気が散らない？
東：え、膀胱って一つだけだっけ？
藤田：膀胱って、ここ、一つですよね。
穂村：膀胱だと、いやか。子宮だと、女性に決まっちゃうなあ。
東：子宮は最初考えて、それは、死んだ人、生きている子宮でちょっとつきすぎかなと思って。
穂村：つきすぎかあ。東京タワーの性別規定しない方がいいんですかね？
東：なんとなく、腎臓っていうのが、ろ過装置じゃないですか。そこから、悪いものを出して選別して、きれいな水にしていく頑張っているぞみたいな感じが。なんとなくそこが悪くなっていくとその建物、母体も悪くなっていくんだけど、東京タワーって蠟人形館がやや、こう、空気的に（笑）。
穂村：なんか最後の方キテたよなあ。
藤田：キテた。
東：意味がわからなかった（笑）。
藤田：ただのコレクションになってた（笑）。
東：東京タワー自体も全体的に、時代に置いて行かれたものっていう、少し疲れた感を、腎臓って出すと出るかなと思って。
藤田：ああ、なるほどね。
穂村：いつか排出されちゃいそうな感じ。
東：膀胱でも……子宮より膀胱の方がいいけど。尿につかってる感じが出て、そこまでやると。でも確かに二つある、ちょっとブレるかなあ。
穂村：できれば一つだけの臓器の方がいいよね、数は。
東：「東京タワーの脾臓にいる」。
藤田：アハハ、でもそこもなんかちょっとエグいし。最後の、ヘビメタとか、ハードロックの流れる感じとか。内臓、そうですね。
東：内臓、位置的に腰にあるもの。盲腸だと小さすぎるし（笑）。
穂村：もうちょっと広くないとね。
藤田：はらわたな感じがすごく（笑）。
穂村：難しいねえ。
藤田：難しいですよ。
東：まあ腎臓で。

ガラスの下数百メートル落下したのち、降ってくるのは徹子の声かも　藤田貴大

東：確かに黒柳徹子さんって落ちてきた人に平然と声かけてきそうですものね、「大丈夫ですか？」とか（笑）。パンダにマイク向けちゃう人だからね。

穂村：うん、大統領にインタビューするときもゴリラにインタビューするときも同じ態度だっていう。「あなたは？」っていって動物に、こうマイクを向ける（笑）。

藤田：しかも放送博物館で、変な上から落下式のスピーカーだったから、あっけらかんと怖かったなあと思って。

東：そうですね。

穂村：今日本で「徹子」っていったら「黒柳徹子」だもんね。

東：ねえ。「徹子の部屋」何年やってるんだろ。昭和からずっとやってるよね。すごい迫力の人になって。

穂村：なんとなくあとは、意識下で「徹子」の「徹」が、鉄骨の塔の、ちょっと響くみたいな。巨大な徹子、みたいな。

藤田：怖い（笑）。

東：これ動かないですもんね、この固有名詞。

穂村：うん。「タモリの声」じゃだめだね。日本のあるキャラクターとして、叩いても叩いても揺らがないところまでいく人ってそんなにはいなくて。タモリさんなんかもある角度から見るとそうで。タモリさんや徹子さんってどこか象徴めいた存在感だよね。ビートたけしさんとかじゃそうならない。やっぱ生身のクリエイティビティがある感じで、それじゃこの歌にはダメで。なにかもう象徴だよね。

東：そうそう。着ぐるみ感があるもんね、人物に。徹子は、「私が女優一号だと言われていますけど」って今日博物館の中でも言ってたけど、そういう迫力を背負ってる。

穂村：すでに存在が蝋人形的だよね、タモリさんとか徹子さんっていうのは。

東：たしかに。なぜ「タモリ」でなくて「徹子」がいいのかというと「タモリ」はそうはいっても変な所から飛び降りないし、ゴリラにインタビューは

しないよね。
穂村：やっぱテレビ女優第一号と、電波塔っていうことで。
東：ちょっと、地球規模でフラットだよね、そういうところで、何事にも驚かない感じしますよね。いろんな人に毎日のように「徹子の部屋」で会って、感心してるけど絶対に驚いてない感じ。そういう、動じない人っていうような意味で、ここは動かないですよね。でもそこで、ぱっとそれが結びついてくる、言葉を引き出す直観力がすごいですよね。
穂村：そうですね、意識すれば演劇的なセンスにもみえてくるっていうところもありますね。そこで声が降ってくるとすれば、それは「徹子」だっていう。
東：黒柳はなくて「徹子」とだけしたのがいい。声降ってきたとき「徹子だ」って思ったもん、私も。
藤田：今日という日の総括をしました（笑）。

イだったと何度も語るNHKテレビジョンよりあふれだす水　東直子

穂村：必要な情報を書かないにも程があるっていう感じだね。
東：みんな吟行で見たいろんなものがちゃんと生きてる。
藤田：（笑）。
穂村：強気だよね東さんはね。

東：でも「イ」って有名ですよね（笑）。
藤田：有名ですよね、あの最初の「イ」。
東：インパクトあるよね、すごくね。なんか、あれ自体短歌みたいっていうと可笑しいけど、詩みたいで、象徴性がすごく強いじゃない？　あの、画像の中に筆で書いた「イ」だけって。
穂村：インパクトありすぎて、逆に短歌にするのが難しい。僕もできればしたかったけど。これはさすがに、「あふれだす水」という収め方がね。テレビを「テレビジョン」っていうところも、やっぱ効いてますよね。
藤田：「テレビジョン」っていうところがすごくいいと思います。
東：古めかしさを出そうと思って。
穂村：そっか、何度もあれ語られてる話なのか。
東：大晦日とかに……。
藤田：大晦日にやりますよね。ここからテレビの歴史は、みたいに。
東：そうそう、NHKは、ここから始まりましたって、厳かにね。日付が変わるあたりとか何か記念のたびに。
穂村：「イロハ」の「イ」かねえ、やっぱ。
東：っていうことなんでしょうねえ。
藤田：その「イ」だと思いました。
東：「イ」ってこういうふうに置くと、設問とかイロハでやる時もあるので、ちょっと設問風になって面白いかなと思って。
穂村：うん。カタカナじゃないとね、やっぱりね、ダメですよね。「あふれだす水」はあの画像のイメージなのかなあ。
東：そうですね。
穂村：シャープじゃないにも程があるような。
東：うん。あとなんか、最後の方に歴史を語る時に洪水の画面がわっとあって。
藤田：ああ、そうですね。
東：NHKが世界各国に。
藤田：二千もの国に配信したから、だから募金が集まったみたいなことを。あれもちょっとなんなんだろうと思いましたね。
東：ちょっとね、自慢してたね（笑）。
藤田：そこ、そっちなんだ？　って。
穂村：でも一種のさ、お金を払ってる人への報告みたいな、ところもあるんじゃないの？　あの建物自体が、皆さんの税金っていうかお金ムダにしてませんよアピール、みたいな（笑）。
東：このように役立っていると。確かに、ああしてみると研究にはお金かかるだろうなとかいろいろ考えますもんね。
穂村：そうね、この「テレビジョン」の「ジョン」が効いてる感じがしますね。この水があふれる感じとかちょっと、ねえ。「ビジョン」っていう、水っぽい感じが。
藤田：水と、古めかしい感じと。オノマトペっぽくなってるかもしれない。
東：ありがとうございます。

展望台の床がみるみる透き通る　マームと震えてジプシーとなる　穂村弘

穂村：挨拶歌で。
藤田：ありがとうございます。
東：「マームとジプシー」って、なにか語源があるんですか？
穂村：最初っから僕もそれが気になってたんだよね。
藤田：僕が「マーム」ってことで、僕発信のことをまずやる人たちっていう。劇団っていう形式はとってないんです、とにかく。僕がやりたい人をその都度集めて、僕がやりたい作品をやってくっていうことでやっていて。あんまり拘束力がある劇団員みたいなのは、いないことにしてて。ていうのは僕がリーダーシップをとれないからだし、その方があまり人間関係とかにとらわれず作品を作れる、ということで一人でやってるっていうことが未だにあって。だけどやっぱりその、出会ってくじゃないですか、演劇って。役者さんに出会ってくし、さらには観客に出会ってくし。どんどんその「マーム」っていう一個の点が、波及してくじゃないですか、人が。そのこと自体を言おうとしてたんですよね。
穂村：それはわかるんだけど、それを言語化するときになんで「ダディ」でも「キャプテン」でもなくて「マーム」だった？　っていうところに。
藤田：ねえそうだよね（笑）。
穂村：すごく特異だと思うんだけど。「キャプテ

ンなんとかとなんとか」とかみたいなノリもよくあるし、「ビッグダディ」とか。
藤田：アハハ（笑）。
東：「マーム」ってMomから来てるんですか？
藤田：母体。母親、母体みたいなところから来てるんだけど、僕の中でやっぱりイメージとして母親のイメージ強いんですよね、女の人の象徴として。
穂村：うん。
藤田：母親がけっこう僕の中で強い人だったから。その、イメージがありましたね。
穂村：そしたら女性主宰の劇団みたいに思われませんか？
藤田：いや、思われてた時あったんじゃないですかねえ、わからないけど。
東：ホームページの雰囲気とかも全体的にすごくかわいらしい。
藤田：とにかく母親のことずっと見てたんですよね、多分。
東：へえ。
藤田：思い出してみると。
東：お母さん何かしてる人だったんですか？
藤田：先生ですね。
東：そうなんだ。
穂村：お父さんは？
藤田：木材屋です（笑）。
穂村：お父さんには関心薄いわけ？
藤田：お父さんは、超いいヤツなんですよ。一回も怒られたことないし、一回も手を上げられたこともないし。何にも口出さない人なんですよね。
東：へえ。
藤田：記憶がないです、お父さんが。本当にいいヤツだっていうことだけで。
東：お母さんが先生だと厳しい感じなの？
藤田：まあ厳しい人ではありましたね。母親のことは、やっぱり上京して特にすごく思ったんですけど、強い人だ、僕の中ですごく強い人だったんだなって。
東：一人っ子ですか？
藤田：いや、弟もいますけど。なんかすごく、母っていうのは、けっこう女性的な面とかも見せてくる人だったんだなって気付いたし。なんだろ、すごく女の人の象徴的な部分がありますね、母親に関しては。
穂村：はじめやっぱりこの劇団名に惹きつけられ

るものが。なんかすごい言語感覚だなっていう感じでした。「ナントカとナントカ」っていうのは非常によく見る言葉なんだけど、「マームとジプシー」かあっていうのは、うん。

東：そうね、前川清とナントカ、とかね（笑）。

藤田：（笑）。

穂村：「内山田洋とクールファイブ」。

東：あ、内山田洋か、間違えた。

藤田：アハハ（笑）、前川清。

穂村：それもなかなかいいけどね、「前川清とクールファイブ」も。

藤田：うれしいです、これ（笑）。みんなに報告しよう。

東：床がみるみる透き通るだけじゃなくてなくなりそうですよね、これ。

穂村：なんか十年後に行くと、もっとあの透き通ってる部分が増殖していて。

東：（笑）怖いね。

穂村：病気みたいに、どんどん床が抜けていて。

東：ところどころ本当に穴が開いていたりしてね。

藤田：すごいもっと怖いよ（笑）。

穂村：床がある部分の方が少なくて、もう藤田くんは超こわごわとそれを踏みながらぴょんぴょん跳んで歩くしかない。

東：ところどころこのぐらい開いててハイヒールが入っちゃうとかね。こわーい。

穂村：なんか小ちゃいとこと大きいとこあるのが妙な感じしたよね。

東：そうねえ。

穂村：二か所、練習かよって。

藤田：怖い怖い怖い。

東：あれあとで抜いたのかなあ、ギコギコして。

穂村：ねえ、どうやって作ったんだろう、そういえば。

東：最初から抜いたのかなあ。最初から抜けてなかったような気がする。挨拶歌としてすてきです。透明感が増すっていうことで、なにか、危うい感じと神秘性が出ますね。

どんづまったなにかと払えんどうしようストーブだそうかいや、まだ先か

藤田貴大

藤田：最後、これは宿題、お題の短歌です。
穂村：けっこう忠実に題を翻訳した感じの歌だね（笑）。
東：閉塞感。「なにかと払えん」っていうのは。なにかと物入りだけど、料金払うことができないっていうこと？　「何か」じゃなくて「なにかと払えん」ですね？
藤田：「なにかと」。
穂村：コタツじゃだめかなあ、ストーブじゃなきゃ。
藤田：コタツ出そうか（笑）。コタツだと。電気かな、と思って。
東：電気（笑）。コタツだと、ほのぼのしすぎるんじゃないのかな。切羽詰まった感じだと、「もうたまらんストーブ出そう」。
穂村：この方が一人な感じするもんね。コタツだとなんか他に家族いるのかもみたいな。
東：ファミリーっぽいほのぼのした感じ。コタツそろそろ出そうかっていう感じに付随するほのぼの感があるので、ストーブがいいんじゃないかな。
穂村：「なにかと払えん」ということと「ストーブを出す」ということが、経済的には次元が違うから辻褄が合わないんだけど。つまりストーブを出したからといって払えるようになるわけではないという意味では。でも暖かくなるということで、その心理的な埋め合わせみたいな繋がり方が、リアルな感じしますね。僕たちの意識って、同一次元上で辻褄が合わない、なにかつらいことがあった時甘いものを食べるみたいな、そういうずらし方で何とかいっぱいいっぱいなところ乗り越えてるような感じがあると思うけど、そのリアリティがすごくある。「まるまる背」とかもそう思ったし。論理的に解消しないことを全然恐れないんだなっていうその印象が、藤田さんの作品全体を通してすごく感じます。

東：そうですね、直観力がある。言語直観力っていうのか。理論じゃない感じがする。

穂村：でも結果的には作品が、みんなが考えてきた短歌のセオリーにかなり近いところに着地しているから、やっぱりすごく勘がいいっていうこともあるし、逆にいうと短歌の人たちの試行錯誤ってある種の正解に近いところに確かに、セオリーを設定してるんだなって、思う部分もありますね。

東：普通、初めて短歌を作る場合は、こういうことがあったのはこういう理由でこうなりましたみたいに、全部辻褄のあったかたちで、文章として完成させちゃうんだけど。藤田さんはそこを、芝居もそうだと思うんですけど、あんまりこれはこうでこうなった俺はこう言いたいとか、あんまり主張したり答えを出しちゃったりするとつまんなくなるので、そこをなんかうまく風穴開けて逃してる感じがするんですけど。そういう意味でのそらし方っていうのが、生理的にわかってる感じがして。

穂村：うん。それで通じるか、伝わるかどうか不安に思う感覚が、ないよね、あんまりね（笑）。

東：わりと。

穂村：なぜこれで伝わると確信できるのかがわからない。

東：イキイキと、のびのびとやってる。「いやまだ先か」とか、「何が?」っていう感じなんですけど（笑）。

藤田：（笑）。

東：でも面白いですよね（笑）。いろいろ考えるんですけど、ストーブ出すっていうのはお金がかかるからとかいろいろ考えるけど、なんかそういうことじゃなさそうだなっていう。頭の中のこう、木綿でぎゅっと固める前の豆腐みたいな感じで、もやもやっとザル豆腐みたいな感じでとりあえずすくうと、そこが一番おいしいんだよね、みたいなところがありますよね。

穂村：会社に行っててつらい時、コピー機を待ちながら、腕時計のクロノグラフをクルクル回して耐えたことがあったんだけど。

藤田・東：アハハ（笑）。

穂村：それを見て。それって、わかる？　こういう時計のさこのボタン押すとこれがすごい勢いで回るのね。で、コピーを待つなら、一回自分の席に戻って違う仕事をするんだよ、正しい社会人は。だけどもう一回戻ってパラレルで違う仕事をする余力がないわけ、いっぱいいっぱいだから。コピーをボーっと待って、これをクルクル回してそれ見ながらなんか耐えたことがあったんだけど。

藤田：アハハハ（笑）。

穂村：そういうのって短歌にするのすごい難しいの、この心情って。今僕が肉声で語ってるし、ある程度キャラクターがわかられているから伝わってるけど、この三十一音に置きなおすと、とっても難しいんだよね、そういう実感っていうのは。

東：そうだねえ。

穂村：だから、藤田さんそれは非常に、巧みだっていう感じがしますね。通じるはずの領域の体感を表現することができるというか。

東：「どんづまったなにかと払えん」。

藤田：クロノグラフやばいっすね（笑）。

穂村：うん。さっきも言ったけど、つらいことあった時に今日は自分にアイスクリームを食べることをなんか許そうみたいなね、そういう発想ってあると思いますよね。

東：うん。藤田さんの歌どれも気持ちがいいですね。なんだろう。

穂村：迷いがないからね。

東：すーっと入ってきて、嫌な感じなく、ふわふわーっと深い所に流れていく感じがするなあ。

穂村：意外な健全さみたいなものを感じましたね。このおばあちゃんの歌なんかがそうだと思うけど。

東：ねえ、やさしいよね。

穂村：こう、言葉の使い方は非常に自在だけど、基本的な体感や世界像がどれもねえ。素晴らしいと思います。

藤田：ありがとうございます。

お題＊閉塞して冬と成る

ああこれは冬の匂いだ　ランドセル十個抱えて夕映えの中

穂村弘

藤田：これは閉塞してますね、すごい。これジャンケンで負けたってわけですよね（笑）。

穂村：僕らの頃はそうだった。

藤田：僕もやってました。

穂村：電柱ごとにジャンケンしたの。

藤田：あれは……つらいよね。これすごいな。

東：そっか。閉塞感をランドセル十個で。

穂村：今だとでもこれ、いじめになっちゃうかな。

藤田：なりますよ、ね。

穂村：僕らの頃はゲームだったんだけど。

藤田：僕らの頃は、ちょっといじめ的なニュアンスはあるかも。だからすぐ、これは閉塞かなって思っちゃったんだけど。

東：微妙なラインで、そこがいいんじゃないですかね。

藤田：いじめだとはもちろん思ってなくても、その重たさというか。そのなんか帰宅してるという……。

東：不安感が出てますよね。やっぱりその、ランドセル十個抱えてるのが、夏とか春だと、違う。冬の匂いの中の淋しさとか不安感みたいなのが。季節設定はそこがいいですよね。

藤田：ランドセルとかいうのが、なんて言うんだろうな……それを持って登校しなくちゃいけないし下校しなくちゃいけないんだけど、なんか学校という箱の中で過ごさなくちゃいけない何年間っていうのがあったっていう、それ自体が……。すごく閉ざされたところにいなくちゃいけなかったっていうところがあって。しかもそれが、夏とか春とかにランドセル十個抱えたことを描かれても、なんかそこに対しての感情っていうのがおちゃらけちゃう部分が、最初の「冬の匂い」とか、「冬」っていう

文字が、きゅっと締めてるというか。その、元気じゃない感じというか、その感じが、最初に「冬」っていう文字がパンて出てきたとき、あるのかもしれない。

東：最初はけっこう、「ああこれは」っていう言い方って大人っぽいんだけど、ここは大人の感覚で冬の匂いを嗅いで、回想として下がつながってるんですかねえ。

穂村：夕映えもね、大人の言葉ですよねえ。

東：そうだねえ。

穂村：最初は「夕焼け」にしてたんだけど。

東：「夕焼け」の方が子供っぽいよね。

藤田：夕間暮れとか、夕映えか……。

東：じゃあ、回想して脳内に浮かんでるみたいな感じ。

穂村：ある程度そう、ですね。

藤田：でもその、「ああ」っていう時間が、追憶してく、きゅーっと遡ってく、ふうな、音としても取れますよね。「ああ」から「これは」に行くまでの時間が。

東：記憶が降りていく感じ。

穂村：これ確かに実体験なんだけどあの頃ランド

セル何個まで持ててたかがどうしても思い出せなくて……。

藤田：アハハハ（笑）。

穂村：検索したんだよさっき。そしたら十個持てるっていう人のが見つかったから、十個いけるんだって思った。

東：えー。

藤田：肩に二個背負えるじゃないですか、こうやってこう背負って、ここに一、二、三、四……あ、でもけっこう十個って高等技術だね（笑）。

穂村：でも六個じゃ少ないでしょう？

藤田：しかも、ランドセルだけじゃないじゃないですか。水着入ってるやつとか。

穂村：ああ。

藤田：違うナップサックとかも持たせられて。ナップサックを脚に引っかけて。僕のナップサックを引きずりながら運んでいたヤツのことを今思い出した（笑）。

東：十個のところ、九個ではどうだろう。

穂村：最初「九」にしたんだよね、一回ね。最初十って書いて、九の方が半端でいいかなって思ったけど、なんかその半端を狙ったみたいな感じで。できれば十にもう一回、みたいに、すごく十か九かみたいに悩んで（笑）。

東：迷うね。十個だとちょっと嘘くさい感じも出てくるんだよね。九個ならってなぜか（笑）、九十九円を安く感じるみたいな感じで（笑）。

穂村：九の方がいいかな。

藤田：なんかでも、九個とか、厳密っぽくなったら、数として。夕映えになったというときに、やっぱりさっきの話でもないけれども、夕暮れだと、中にいる感じになっちゃうじゃないですか。夕映えみたいな、ビジョンの話になっているときに、その、モロにノスタルジーの世界に入り込む手前でなんとなく、追憶をストップさせてるというか、感じがあるときに、十とか、五とか、ちょっとそれぐらいの感じの方が……フィクション度が高くなるというか。むしろそっちの方があいまいな記憶というか、そんな感じがする。

東：ああ、たしかに九個は九個って厳密に数えた感じがする。十個だと十個ぐらいっていう感じしますよね。

穂村：でも迷ったんですよ。十か九かみたいな（笑）。六以下はない。七もラッキーセブンみたいでない。そうすると八か九か十みたいな。十一個はないだろう？

東：八個抱えててもいいかも。実は八個しか持ってないのに、二個盛ったぐらいの感じの（笑）。

穂村：アハハ（笑）。

東：やっぱり十個がいいかな。

穂村：ありがとうございます。

お題＊閉塞して冬と成る

制服をガラスの床におしつけた空つめたくて冬となる日に

東直子

穂村：いいですね、この歌が一番いいかもしれないなあ。ガラスの窓だと全然普通になっちゃうところが、床になってることによって、次元が変わる感じに、こう。

東：（笑）。

藤田：すごくいいですね。うん、すごくいいですね。

穂村：うん、いい歌だね。

東：制服が迷ったとこですが。

藤田：僕最近、今日マチ子さんっていう漫画家の方とお仕事してるんですけど、彼女が描くのけっこう制服とかが多いんだけど、なんかその、やっぱ冬服の感じ。僕北海道だったからそうだけど、制服の冬服の女の人がいて、空気がピリッと冷たくて、北海道で「しばれる」っていうじゃないですか、その凍ってるぐらい冷たい日がパンってあるんだけど、あの感じと、夏の制服とか、夏の女子学生たちがウヨウヨしてる感じよりも、そのピリッとした空気感を絵として出せるのってやっぱ冬だよなって思ってたりもしますね。

東：制服がいいのは冬（笑）。

藤田：そうそう（笑）、なんか、だらしなく着てない制服がいいですね。

東：今日マチ子さんの。

藤田：なんかわかんないこの（笑）、だらしなく着てないで、ちゃんと正式に着てる制服が。硬質な、エレガンスな感じが「ガラスの床」とかから出てるし。

穂村：透明だからそれが反転して、空そのものが冷たかったような感覚が、「空つめたくて冬となる日に」みたいな、そのあたりにあるのかもしれないですね。

藤田：限定というか、初冬というか、二月とかそういう冷たさじゃない、けっこう冬の始まりの日にっていうところで、限定してくれたことが、全体的なことを言ってないで引き締めてる感じがして。

穂村：そうだなあ。これは、リアルタイム感がちゃんとあるもんなあ。さっきの「ランドセル」は明らかに、距離感が、遠近感が混ざっちゃってたと思うけど。本当の昔と現在の視点が。これは本当に今の制服を着ている人の感覚のようにも読めるもんね。

藤田：そうですね。それに制服を着ている時代の、今のことしかわかってない。

穂村：うんうん。

藤田：あのユラユラした十六歳から十八歳までのあの感じが、「日」っていう、「なる日」でぎゅっと締められてると同時に、ユラユラしてるあの時代のことを思っちゃう。ありますね。

穂村：ちゃんと宿題の題と、今日見たものと聞いた話を全部こう、一首にね、自然にまとめているのもやはり、上手い。

東：穂村さんにそういっていただいてとてもうれしいです。ありがとうございます。

穂村：終わりー。お疲れ様でした。

二〇一二年一一月二二日〔放送博物館・東京タワー〕

ゲスト紹介

藤田貴大（ふじた・たかひろ）
マームとジプシー主宰／演劇作家

1985年4月生まれ。北海道伊達市出身。桜美林大学文学部総合文化学科にて演劇を専攻。07年マームとジプシーを旗揚げ。以降全作品の作・演出を担当する。作品を象徴するシーンを幾度も繰り返す〝リフレイン〟の手法で注目を集める。11年6月―8月にかけて発表した三連作「かえりの合図、まってた食卓、そこ、きっと、しおふる世界。」で第56回岸田國士戯曲賞を26歳で受賞。以降、様々な分野の作家との共作を積極的に行うと同時に、演劇経験を問わず様々な年代との創作にも意欲的に取り組む。13年、15年に太平洋戦争末期の沖縄戦に動員された少女たちに着想を得て創作された今日マチ子の漫画「cocoon」を舞台化。同作で2016年第23回読売演劇大賞優秀演出家賞受賞。演劇作品以外でもエッセイや小説、共作漫画の発表など活動は多岐に渡る。

萩尾望都（漫画家）in 上野公園

空間に亀裂走ってぼこぼこと溢れつづける天使らの顔

穂村弘

萩尾：さっき美術館で見たエル・グレコの絵ですよね。ケルビムとセラフィムのような顔だけの天使って一番位が高いらしいですね。

穂村：あ、そうなんですか。あれ怖かったですよね。

萩尾：怖いですよね、あの顔だけって。

東：顔だけの天使っていう概念が昔からあるわけですね。

萩尾：二作ありましたけど、ひとつはマリアの足下に踏みつけられてましたよね。

穂村：なんかビジュアルで見たらちょっとギョッとするような感じに見えましたよね。

東：確かに。泡みたいなイメージですよね。泡がどんどん生まれていくような。顔もそんなにきっちり輪郭とらずに割と曖昧な感じで。本当にぼこぼこと生まれては消えていくような、そういう動きが感じられますよね。

萩尾：チョコレート飲料って上から垂らしてぼこぼこさせたらしいんですけど。食い物だってわけじゃないですよね、天使。

穂村：でもそういう感じに見えますよね。消費されるもののように描かれていて、それがひどく怖い。

東：そうなんです、なぜ足下に踏まれたりしているんだろう。

穂村：あれが妙に。

萩尾：普通足下にあるの悪鬼とかねえ。聖なるマリアだからいいのかなあ。

穂村：そうですよね、仏教だとそんなイメージなんだけど。

東：なにか命の象徴なんでしょうかね。顔だけの天使というのは。

穂村：最初わかんなくて近づいてみたら顔だから、ぎょっとするみたいな感じ。

萩尾：位が上がるにつれて、だんだん見えなくなっていくのかな、人間の眼から。

穂村：ああ、高次になっていくに従って……神様は光だけだし。

東：肉体っていうものは、下賤なものというか。「空間に亀裂走って」っていうのは、これは全体のイメージ？

穂村：これもそんな絵が、柘榴が爆ぜたみたいになってる絵で、それがよく見ると天使の顔がっていう絵があって。

（編集：ケルビムは天使というより神の移動手段であるという見解もあるそうです。天使は、階級が上位の方が人間離れしているとか。）

東：乗るの（笑）？

穂村：これに乗ってんの？

萩尾：そうなんですか！

東：すごい。竜宮城の亀のような（笑）。

穂村：確かに人間離れしてる。

東：決して顔もかわいく描かれないですもんね。でもなんか不吉な感じが。天使って基本的にはよいことの象徴のような気がするんだけどこの天使はちょっと。

萩尾：この絵って、天使の顔除けば上半分は水木しげるの世界、面白いです。

穂村：どっちかっていうと妖怪だよね。きのことかさ、ぼこぼこと。ありがとうございました。

異常巻きアンモナイトって知っていた？ 奇形じゃないのよ異常なだけよ　萩尾望都

萩尾：印象をそのまま書いたという。

東：奇形と異常の微差を描くっていうのが面白いですよね。

萩尾：奇形っていうと単体になって異常だったら群生になるのかな。

東：ああ、なるほど。

穂村：なんかここにはある批評性がある気がしますね。違うんだっていうところに。最近は、定型発達に対して、自閉症とかそういうのを差別しないために、非定型の発達と定型の発達があるんであって、どちらかがノーマルでどちらかがアブノーマルではないっていう、それを言葉でまず規定するみたいな。だから健常者と異常者がいるんじゃなくて、定型発達と非定型発達があると。

萩尾：ああ、なるほど。

穂村：みたいなことをちょっと読んだことがあるんですけど。逆に「暴走族」っていうのは名前がかっこいいから、あれを「珍走団」にすれば誰もやらなくなるんじゃないかみたいな。

萩尾・東：アハハ。

萩尾：確かに。
穂村：そういうのって他にもあるよね。「いじめ」っていう言葉がいけないんじゃないか、あれは犯罪だからもっとヘビーな言葉にしてとか。
萩尾：そうですね。弱者につけられる名前っていうのはいつも、なんか過剰に弱い、「いじめ」とか「いたずら」とか。弱者に対する加害につけられる名前っていうのはいつも、なんか曖昧で弱いんですよね。だから暴走族は強いから「暴走族」っていう名前ゲットした、のかもしれない。
穂村：「ストーキング」とか「ハラスメント」とかも、ここ数十年の言葉で、それ以前は目に見えなかったものが、名前をつけることで見えてきたみたいな。
東：確かに。「ストーカー」っていう言葉が、愛の情熱みたいなものが犯罪になる、という意識を生まれさせましたよね。
萩尾：殺人がつくから、「あ、いけないことだ」っていう。
東：言葉が生まれることによってやっと線引きができるっていうのありますよね。いやあでも「異常巻きアンモナイト」は私がガチャポンで引き当てたから作ろうかと思ったんですけど、さすがに「異常巻き」っていう言葉がすごく目立ちすぎて、うまくこなせなかったんですけど、その「異常巻き」という言葉そのものに堂々と斬り込んでいって、そこを歌にしていくというのが素晴らしいですね。
穂村：あと、柔らかいですよね、歌の雰囲気。「奇形じゃないのよ異常なだけよ」っていうのは。これを断固とした口調でいうのとまたニュアンスが違うっていう感じがするなあ。
東：全然違いますねえ。「奇形ではなく異常なの

だ」とか言ったら論文みたいなんだけど、こういうふうに、誰に話しかけてるのかわからないんですけど、会話として描かれることで、もう一人第三者がいるということで、世界が立体的になる感じがしますよね。すごいですねえ。最初からもう、会話体をこなしておられる。

神の言葉宿せば肉となるマリア頬も額も光にぬれて　東直子

穂村：エル・グレコの「受胎告知」の絵がありましたよね。あれかな、と思うんですけど。その絵の説明文に、物理的な宿しではなくて、言葉が宿るみたいに書いてあって、それを歌にしたのかなと思うけど。「言葉が肉となる」と言われても、その理屈みたいなものってピンと来ないですよね。それを下の句の、「頬も額も光にぬれて」ってこれはわりと絵を見た感覚を詠ってるんだと思うんだけど、この部分が生な実感があるので、全体に浮いた感じにならないっていう、そんな魅力があるのかなと思いました。

萩尾：解説読んだだけでなんだかよくわかんないっていうのが、歌になるとすっと入りますね。

穂村：我々はあの絵をみんなで見ているから、その感覚の中で読めるので、なおさらすっと入ってきますよね。でもあの絵を見ていない読者が読んでも、上の句の観念性を、「その時マリアは頬も額も光にぬれていた」みたいな、描写がやっぱりあることで受け入れやすくなる、そんな印象を持ちますね。

東：神様は光そのものであるっていうのを聞いたし、今日、グレコの絵を見ていて非常に光が印象的だなと思って。

萩尾：そうですよね。

東：特にああいう聖者的な人はものすごい光を浴びてて、あれは神の光っていうことなんですね。

萩尾：よく西洋絵画では、金輪が、後光が差してるんですけど、考えてみれば、後光がないかわりにいろんなところが、それこそ照り入ってますよね。

穂村：キリストの生誕の赤ちゃん、光ってましたよね。

萩尾：そうそう、ピンスポットみたいな感じで。

東：すごく上からの光ですよね。普通の人の感じは全体の光だけど、西洋の宗教画ってすごく強い光を浴びてる感じがあって。それが特殊なものを受け入れていくっていう感じなのかな。

萩尾：教会の中ってピンスポットで光が当たるから。

東：そういう効果も！　実際の光を計算してるのか。ポストカードとかに印刷した方が色が明るく見える。展示会場にいた方がもっと暗い印象でしたよね。その暗い中での光が印象的だったので、光を浴びてる感じをなんとか言葉で表現したくて。説明書きに「神の言葉胎《やど》せば」って書いてあったと思うんだけど、その「胎す」それだとちょっとわかりにくいかなって。

穂村：ああ、「宿せば」じゃなくてってことね。

東：うん。「胎せば」っていう言葉、私も慌ててメモしたので、「胎す」と「宿す」とどっちがいいのかな。

穂村：「胎す」で「やどす」とは読めないのかな。

東：ルビをふればいいかな……。でもまあ意味が通ればいいわけですけど。

穂村：もともと日本語にしたキリスト教の言葉ってすごく不思議っていうか、「めでたし、聖寵充満てるマリア」みたいな、とてつもない日本語だから（笑）。

（編集：塚本邦雄の歌で、「風媒花ひそかに暗き果を胎す　しきりに冷ゆる夜の荒夜にて（『装飾楽句抄』）」というのがあります。）

東：じゃあ「胎す」にしようかな（笑）。でもやりすぎな気も。どっちがいいかしら。

穂村：この場合は、その意味だからこの「胎」を使っても嫌みじゃないと思うんだけど。
東：そっか、じゃあ「受胎」の「胎」にしてルビ振ろうかな。でも確かあそこにそう書いてませんでしたっけ。「神の言葉が肉になった」って。「肉になった」ってすごいなと思って。
萩尾：「神の言葉が肉になる」、生々しいですよね。

穂村：あまりにも強引だったり、「受胎告知」のあのビジョンもあまりにもすごいデフォルメだと、逆に確信があるのかなって思っちゃうよね。ここまで描くっていうことは、みたいに。
東：宗教画って独特の迫力ありますよね。身体も何頭身かわかんないような。
穂村：そう（笑）、頭が小さくて体がものすごい筋肉質だったりするのは、あれはデフォルメだよねえ。
萩尾：特にグレコはすごいですよね。頭身が長々と。
東：こんなデフォルメなかなかほかの人にはないですよね。

穂村：そう見えてたのか、それとも、そう描きたいっていうことなのか。
東：描きたいってことじゃない？　初期の作品はわりと真面目に緻密に描いてたじゃない？
萩尾：どんどん頭小ちゃくなっていってますよ。遠近出すっていうのもあったかもしれない。
東：下から見上げてる。体の肉の感じがすごく独特なんですよね、グレコって。他の人の絵をグレコが模写した絵がありましたけど、やっぱりグレコが描いた方が生々しいというか、デフォルメが大胆。

萩尾：グレコの模写絵は陰影を不思議なグレーで付けていて。紫とかグレーで……。もとの絵は茶とピンクで陰影を付けているのに。

東：そうですよね、ふっくらしてるけど。病的な感じがします。グレーがすごく印象的ですよね。

萩尾：本当に、印象的。後半になるに従って、どんどんグレー系の色が目立ってきますね。スペインってもっと明るいかなと思ったんだけど、なぜこんなっていうぐらいに、グレーが。

東：そうですね。衣服はわりと明るい。青と赤とか。三原色をバーンと使っていますけど。あ、でもこれは色が決まってるんですよね、聖職者だから。

福音書記者聖ヨハネの掌《てのひら》にマルチビタミン錠転がれり　穂村弘

萩尾：これは、実際の絵は掌になにか持ってたんですか？

穂村：持っていなかったんですけど、片方の手は杯を持って、逆の手は差し出すようにしてたから、薬飲むのかなって（笑）。

東：そうだね（笑）。

穂村：本当は彼が持っているのは毒杯ですよね。だけど今日、僕がビタミン剤を持ってたんで。

東：ヨハネとマルチビタミンが、重ね合わさる（笑）。

萩尾：あ、ホントに持ってきてる（笑）。

穂村：なんか彼、えらくイケメンでしたよね。

東：今風のイケメンでしたよね。

穂村：見に来ている人もみんなけっこう美形に群がる傾向があるみたいで、展示会場の終盤のヨハネにも群がってた。

東：ヨハネはイケメンっていうのがあるのかな？

穂村：他の絵ではおっさんだったよ。

（編集：十二使徒のヨハネは「イエスに一番愛された弟子」といわれているぐらの人なので美しく描かれることもあると思います。福音書を書いたヨハネと使徒ヨハネは別人とする説もありますが、グレコの絵画では同一としていると思います。）

東：愛されたヨハネっぽい感じで描いたのかもしれないですね。

萩尾：あと不思議なことは、年齢を適当に変化させるんですよね、描くときに。聖セバスチャンなんかは、髭面のおっさんに描かれることもあれば、十代の若い男に描かれることも。

穂村：今日も気合いの入った美形が何人かいた。

萩尾：いましたね（笑）。

穂村：あの、裸の乞食になんかをあげるっていうあの人も異様にかっこよく描かれていて。

萩尾：「聖マルティヌスと乞食」の絵ね。そうそう、すごい悲しい顔してね。施しをする側が悲しがっているっていう感じが。

東：そうですね。悲しがっているきれいな顔ですね。この人もいい顔ですよね。現代に通じるイケメンなんですよね。俳優のような。

萩尾：ひと頃のアル・パチーノのような。

東：確かに。

穂村：マルティヌスの絵とかは、恋愛の見立てになるよね。塚本邦雄さんなんか見たら一発で。

東：宗教画だけどどこか生々しい、人の感情が、動いてるような気がするという。

穂村：あとは「福音書記者」とか、もうそれだけでうっとりみたいなね。漢字がいっぱい続くと興奮するみたいな（笑）。なんですかね。

東：記者もテンションあげなきゃいけないから、ビタミン剤飲むみたいな（笑）。

穂村：福音書の記者なんて。

萩尾：ビタミン飲んで頑張って書く。

東：でもその時まさかこんな、世界大ベストセラーになるとは、そこまでは思わなかったでしょうねえ。

萩尾：言われてみれば。

東：聖書を超えるベストセラーは、二度とないんじゃないですか（笑）。ヨハネによる福音書。短歌ってすごく昔のものにありえないものをくっつけると、接続悪いっていうか、取ってつけたような感じになることが多いなかで、穂村さんのこの歌はなぜか、しっくり来ますよね。

萩尾：そうですね。本当になんか、持ってる持ってるみたいな（笑）。

穂村：あのポーズは、相当薬飲みますよポーズ。

萩尾：特にこのヨハネの指って、そんなに関節が見えないんですよね。

東：ああ、たしかに。

萩尾：今日見た絵の中で一枚か二枚はごつごつした手の絵もあったけど、たいていはすごい柔らかな、ピアノでも弾きそうな手。聖職者の手なのかな。労働してないのかもしれないけど。

東：手の表現きれいですよね。

萩尾：やっぱり頭脳労働だから、マルチビタミンぐらい飲まないと。

穂村：ありがとうございました。

二千円男でも女同士でも金曜限定ペアナイト券

萩尾望都

萩尾：すいません、チケット売り場に書いてるのをそのまま使いました。

穂村：これも「ペア」っていう概念のことですよね。一般概念だと、例えば昭和の日本とかだとこの「ペア」はもう男女の意味合いだけど、それがもっと可動域が今は広くなっていて。この歌を読んで、昭和の頃、初めて『11人いる！』の「フロルベリチェリ・フロル」の造形を見たときの衝撃を、「こんなキャラクターが！」みたいに、思い出して感慨深かったです。

萩尾：はい（笑）。そうそう、あのチケット売り場の前でね。「君たちでもいいんだよ」って言われて。

東：そうそうそう（笑）。素晴らしい取材力。これが歌になるとは。

穂村：あと「二千円」からいきなり入ってるところがいいですよ。

萩尾：そうですか？

穂村：多分一人だと千三百円ぐらいなんだろうみたいなイメージが立ちあがってくるので。

東：リズムもだんだん楽しくなってくるというか、「金曜限定ペアナイト券」ってすごいリズムが、ダンスを踊りそうなリズムで楽しいですね。「ペアナイト」がいいんでしょうね。

萩尾：金曜の。

東：「ペアナイト券」ではなかったような。「ペアナイト券」って書いてあったんでしたっけ。

萩尾：あ、なんか、うん、そのまま写してきたので。

東：あ、そうなんですか。

萩尾：「ペア特ナイト」だった。

東：「特ナイト」はちょっと。これがいいですね。「ペ

アナイト券」。なにか、金曜の夜の華やぎというのか、そういうものが思い起こされて、チケット売り場の前の、お得な券のまんまの言い方なんだけど、なぜか不思議に楽しげな秘密のパーティーが広がるような楽しさが。

穂村：男女に固定されない方が祝祭的な感じがすごく広がりますよね。

東：男同士でも女同士でも、繰り返しのリズムも。

穂村：これが、何の券なのかっていうことが描かれない方が、遊園地なのか、それこそ美術館なのか、いろんな読み方ができていいですね。乗り物なのかもしれないし。

東：そうなんですよね。広がりますよね。それと、リフレインがリズムになって、短歌的な世界を形成する部分があって。一首めも、「ナントカじゃないのよ」っていうリズムが良かったし、こっちも「男でも女同士でも」っていうリフレインが、ここは短歌の世界ですよって誘ってくれる。言葉が先導してくれて、最後の楽しいリズムに導いているっていう。さすが、リズムがいいですよね。萩尾さんの『11人いる!』の「フロルベリチェリ・フロル」という名前の響き、私大好きなんですが、それを思い出しました。
萩尾：ありがとうございます。
東：あれはどんな感じでつけられたんですか?。
萩尾：あれはもう、ぱっと浮かんで。その時よかったって感じ。浮かぶときは浮かぶし、浮かばないときは全然浮かばない。
穂村：じゃあ、結構苦労されるときもあるんですか。
萩尾：無茶苦茶苦労します！

布のうねり心のうねり照り映えて視線を交わすマリアとイエス　東直子

萩尾：これはリズムですよね、うねりうねって照り映えて。
穂村：なんか普通の男女の恋愛に近づけてる感じがありますね。そのうえで、最後のマリアとイエスが来ることで、この「布」とか「照り映えて」が、現代の衣服とかじゃない風に感じられるっていうことですかね。
東：マリアはイエスのお母さんなんだけど。この「聖母の前に現れるキリスト」という絵はどう考えても親子には見えない（笑）。
萩尾：そうですよねえ。
穂村：全体にエロティックだよね。
萩尾：そうです。二人ががっしり手握りしめてますし。
東：イエスってマリアが十七歳ぐらいのときの子供なのかな。そうすると三十四歳のときにイエス死んでるから、マリアはまだ五十歳になるかならないかぐらいなので。まあ若い。それにしても若い（笑）。
穂村：東さんは男の子がいるから実感があるんじゃない？
東：いやどうかな（笑）。死んだと思った息子が帰ってきたとしたら、確かに親子以上のがばっ！って感じになるんじゃないかしら、とは思うけど。
萩尾：これは帰ってきたところなのか。
東：これは復活した時です。
萩尾：ひゃあ、そうか。
東：「もはや、私のものよ」って感じ（笑）。

穂村：夫の復活より息子の復活のほうがテンション上がるかな。
東：そうね、そうじゃない。息子っていうのは自分を託した、肉体を託したっていうのがあるから、自分より先に滅ぶっていうのはありえないこととしてあるので、そのショックはすごく激しい。ショックが激しいぶん、それがもし復活したとなったらその喜びも非常に激しいんじゃないかなあ。夫は自分より先に死ぬ可能性が息子より高いから「え？復活したんだ」みたいな感じではないかと（笑）。
穂村：「お？」みたいな（笑）。
萩尾：そうですよね。
東：マリアが、全体的に色っぽいんですよね、妙に（笑）。聖母っていうよりは……色気がいっぱいある女性っていう感じに描かれていて。やっぱり光が印象的だった、布が光ってる感じが。
萩尾：布がすごいですよね、布のボリュームが。
東：ちょっと離れて見ると本当に、布が発光してるようにしか見えないような光り方をしていて。人間よりも布が一番迫力あった（笑）。
穂村：なんかあるよね、イエスの遺体を包んでいた布、「聖骸布」だっけ。
萩尾：トリノの聖骸布。
穂村：それってなんかすごいものなんでしょ？
萩尾：イエスの遺体が浮き出ているという。でもあれはレオナルド・ダ・ヴィンチのマジックだっていう説もあるんですけど。
穂村：へえ。
萩尾：イエスがほんとうに聖骸布をまとって、その跡が布についたとすると、跡の付き方が不自然なんですって。布ではなくてまるで紙に写したみたいになってるから、考えられるとすると骸布を吊るして、体に油かなにか塗ってその前でなにかしたんだろうって言われてるんです。それに骸布のすそをちょっと切って、時代を調べたら、十六世紀のものだったっていう。
穂村：じゃあイエスの遺体を包んだなんてありえない。
萩尾：ちょっとありえない。それで、トリノにあることだし、ダ・ヴィンチの仕掛けじゃないかって言われてる。でも本当かどうかよくわからない。
東：面白いですね。ダ・ヴィンチは「モナ・リザ」とかの印象が強くて、そんなに宗教画を描いてるイメージがないですよね。

萩尾：描いてる絵画の数がすごく少ないですよね。彼は絵も描いていただけど、いろんなもの作ってた。戦車とかヘリコプター。
東：ヘリコプター作ってたんですか？
萩尾：そうみたい。全日空のマークが、ダ・ヴィンチが作ったヘリコプターの模型の図。
東：そうなんですか。
穂村：全日空どんなのだったかなあ。ＪＡＬは思い浮かぶんだけど（笑）。
東：（全日空のマークを検索して）こんなだったんですか？　全然気づいてなかった。もっと青くてシンプルなものだと。これがヘリコプター。鳥の羽のようなものがついてますけど。
萩尾：単なるプロペラかなあとも思うんですけど、どうやって動いたんだろう。竹トンボみたいんですよね。高いところから落としたら、くるくる回りながら落ちたんでしょうか。
穂村：こんな植物の種子かなにかあるよね、くるくる回るやつ。
東：そういうところからヒント得たのかな。鳥の翼と。
穂村：おしゃれなマークだったんだ。記憶にないねえ、不思議だなあ記憶にないということが。

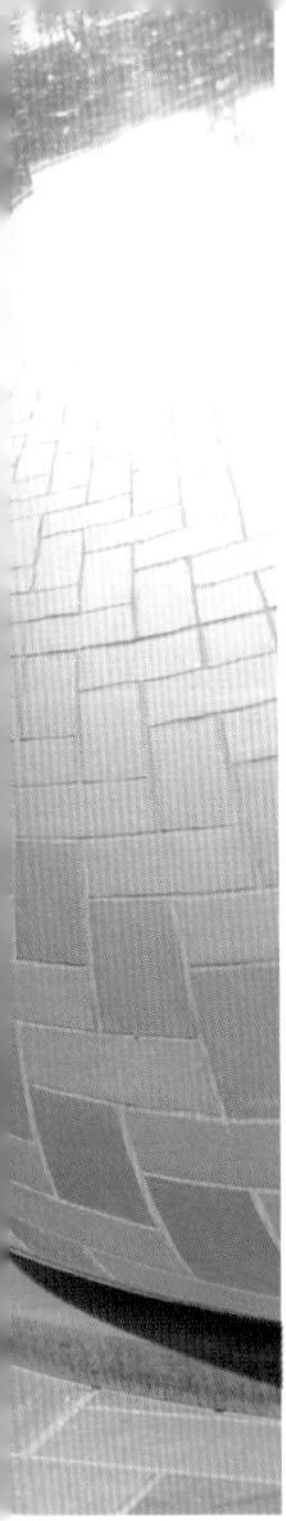

萩尾：いや、もう飛行機が珍しくない世代の人なんですよ。

東：珍しくないことはないと。でも萩尾先生もダ・ヴィンチのようですよね。漫画家だけど科学的なものや、バレエやいろんなものを知っていて。

萩尾：ありがとうございます。でもダ・ヴィンチは天才だからちょっとすごい違う。

穂村：いやあ萩尾望都は天才だと思いますよ。

萩尾：違う違う（笑）。恐ろしいこと言わないでください、そんな。

「11人いる！」と叫び出したい球面の鏡の前に記念撮影　穂村弘

東：萩尾先生への挨拶ですね。

萩尾：いや、喜びがよく表れている（笑）。実際は六人だったけど。

東：面白かったですよね、今日の球面体。

穂村：あの写真どう撮れてるのか楽しみですよね。こういう感じで六人が写っているのか。

東：そうですね。球体のなかの世界。萩尾先生の一番最初に読んだ作品が『11人いる！』なんですけど、すっごい衝撃を受けました。本当面白くて。小学生だったんですけど。

萩尾：小学生？　えらい。

東：雑誌で偶然見つけて、なんて面白いんだってブルブル震えて。またタイトルが「11人いる！」っていうのすごい思い切ったタイトルですよね。

萩尾：そうですね。でもほら、いつの間にか11人いるから（笑）。

穂村：（笑）。

東：でもそれだけで前のめりになるという。「ナントカの宇宙」とか、もっと抽象的なタイトルにもできたでしょうけど、「11人いる！」がいいですよね。

穂村：素晴らしいですよね。傑作だらけですけどね。萩尾先生と一緒に鏡の前で写真を撮っている

とき、あまりの興奮に（笑）。「ああ、ボク今萩尾望都と一緒にすぐ横で写真を撮ってるんだ」みたいなそのテンションの上がり方が（笑）。でも誰に言っていいかわからない。強いて言えば昔の自分に。

東：ああ、確かに。

穂村：『トーマの心臓』や『ポーの一族』を読んでた頃の、中学生ぐらいの自分に、将来萩尾先生と一緒に並んで写真を撮る日が来るって言いたいけど。単なる挨拶じゃあないんですよね。

東：情熱が。俳句とか短歌って、挨拶句とかっていうジャンルというのかな、分類があって。

萩尾：ああ！

東：ゲストに対する挨拶みたいなのを、作品に込めることがあるんですよ。もともと短歌って誰かに贈るために作られていましたから。

穂村：やっぱり、座の文芸みたいなところがあって、今日はみんな同じものを見てるから、無意識に世界を共有してると思うんですよね。あの「布のうねり」とか言われても、この歌を何年か後に自分の部屋で普通に読む人は、今の我々ほど布のうねりとか光を感知しないと思うんです。それは平常時のテンションだから。だからやっぱりその辺ですごく、固定的じゃないジャンルっていうか、動きやすいジャンルっていう感じはあって。それを肯定的に捉えた概念が挨拶、一期一会みたいな感じだと思うんです。

オリーブの山の一夜に眠り入る使徒の足もとに白い花咲く　萩尾望都

穂村：やっぱり、「使徒」っていう言葉が、特徴的ですよね。普通には、我々の日常では使われない言葉だから。そうするとオリーブもある象徴性をもつ。僕は聖書読んでなくて、オリーブの象徴性についてわからないんですけど、でもわからなくても、ある絵画的な描写なんだけど、その背後に物語があるっていう感じが伝わってくる。

萩尾：私も今このグレコの「オリーブ山のキリスト」を見るまで、使徒たちがオリーブの山で眠ってるとは知りませんでした。なんか、ゲッセマネの祈りですっけ？　イエスは寝ちゃいけないって言うんですけど、使徒三人が寝てしまう。

東：寝ちゃうんだ。そうか、じゃあこれは、まずいことをしているんだ。

萩尾：そう。絵を見てたら、下の方にすごく小ちゃな花がいっぱい描いてあって。

東：これがとても美しくて可憐できれいなんですけど、どこか不吉なものを感じさせて、そういうイエスの死のイメージと重なってるのかもしれないですね。

萩尾：ああそうか。

穂村：これが「寝ろ」といわれて「寝て」いいことをしてるんだったら逆に歌にならないですからねえ。その禁忌を犯すという、そこがポイントだと思いますよね。

萩尾：そうですね。

東：情景が夜なので、その白い花だけが灯りのようにともっているような感じがして、絵画的な効果として、とても美しいですよね。足下に咲くっていうのが。

萩尾：ただの草花ですよね。

東：でもこれだけ他の絵がでんとあるところで、白い花に着目するところが。

萩尾：とても大きな絵だったんですけど、だから花の一個一個が、タタタタっと散らばっている感じで。ぺーって黒く塗っちゃえばいいのに白い花がちゃんと描いてあるなって。意味があるのかって言われるとちょっとわからない。

東：解説を読むと、一つひとつ何でもなく描いたものでも全部意味がある。

萩尾：そうなのか！

東：美術館に子供用の図解があって、この絵のここには、ひゅって筆で偶然ついたような黄色い線があるですけど、それは月の光が偶然湖に映ったのだとか、その図解にはすごく細かく書き込まれていて。

萩尾：ああ、そうか。じゃあまあ、暖かい日だったんだとかいろいろあるのかなあ。復活祭は三月下旬から四月だから。スペインのその頃はもう暖かい。

東：ちょうど暖かくて、気持ち良くて寝ちゃったんでしょうか（笑）。でも、白い花が咲く情景って普通のどかな、昼間の情景を思い浮かべるんですけど、夜で、野外で寝てる人の足下に咲いているっていう、その構図がとても不思議ですよね。

穂村：象徴的になり過ぎないからね。偶然咲いているだけかもしれないっていうのと、何か意味があるかもしれないっていう、そのへんのバランスっていうのか、二重性みたいなのがいい。ある時代の絵画って、厳密に象徴性と結びついてしまっているので、言語表現にしたことでそれをもうちょっと緩やかに解き放ったような感じがあって。これは本当にただお花が咲いていただけ、かもしれないぐらいの感覚にまでしているなっていう感じがありますね。

東：「一夜」という時間の限定がとてもいいですね。他の夜ではなくてこの一夜なんだっていう。非常に大事な一夜であるっていうことを、「オリーブの山の一夜」だけでわかる人にはわかるっていう。

穂村：ああ。

東：ここだけでそれを表現したのは、素晴らしいですよね。

穂村：使徒が寝てしまったから死んじゃったの?

萩尾：いや。寝たから死んじゃったっていうよりは、もうそういう風に決まっていたんです、運命で。決まっていた贖罪に向かってどんどん進んでいくという、それも一つの物語、そういう感じだと思います。

東：運命的に避けられないものとして。

萩尾：そう。じゃあ使徒が起きてたらキリストを捕らえた兵士たちは来なかったのかとかいろいろあるけど、でも、起きてても来ただろうしね。あの絵には捕まえに来る人たちも描かれてた、右の方に小ちゃく。

穂村：なんか厳しいね、西洋は（笑）。

東：厳しいですね。

東：「使徒の足もとに白い花咲く」、サ行の響きがとてもきれいで、儚さにつながる感じがします。

青魚たゆたう海を越えてきた縄文人も縄文犬も

東直子

萩尾：これは、ガチャポンでとった縄文人のフィギュアですね。

東：ええ（笑）、一首作りました（笑）。

萩尾：魚と縄文人と縄文犬が入ってたんですよね。

東：そうなんです。魚もテカテカ光って、青魚だったの。穂村さんはアンモナイトを狙っていたんですけど、これがでてきたんですよね。縄文人までは想像できるけど、縄文犬ってなかなか。

穂村：別に普通の犬なんだよね（笑）。柴犬では?みたいな（笑）。

東：縄文犬って言われたら面白いなと思って。犬を飼ってたという概念がなかったので。

萩尾：それはそうですね。でも縄文時代もすでに犬飼ってたんですね。

穂村：フィギュアをそのまま言葉に置き換えただけなんですけどね（笑）。面白いですよね。「縄文人も縄文犬も」が、そのまんまなんだけど、短歌の下の句のリフレインになって。フィギュアの題名が「縄文人と縄文犬」でそれが妙なんですよ。他はみんな単品なのに、「縄文人と縄文犬」っていう。縄文人は槍持ってこっちに魚持って、犬が足下にいるフィギュアなんです。

萩尾：ドラマになってるすでにそこで。

穂村：これ短歌を読んだ人はもうちょっと深遠な思いを馳せているものだと思うけど、実はただ人形を目の前に置かれてそのまんま、描写したっていう。

東：縄文人っていうのは確か海を越えて日本にやってきて。アイヌ系と、南からも来たし、北からもやって来たっていう。

萩尾：そうそう。

東：犬も一緒に来たのかわからないですけど、連れて来たらいいなあと（笑）。

穂村：魚からその、出自というか、もともとのどこから来たかみたいなことに引き戻してるっていうことですかね。さっきのオリーブの山の萩尾さんの歌もそうだけど、これぐらいのところまで言うのがいい感じしますよね。これ以上縄文人についての見解を言いすぎると、もう短歌では適正な情報量を超えるという感じがする。

東：そうなんですよね。ここで、「海越えてきた苦しからむか」みたいな感じで感想を入れちゃうと、ちょっと読者が引いちゃうところがあって、事実で止める方がいいかなと思ったりするんですけど。

穂村：うん。フィギュアの歌けっこう出るね。

東：まさかフィギュアが（笑）。

穂村：かわいそうにキノコもとったのにキノコは詠ってもらえなかった。

東：キノコはちょっと。

萩尾：インスパイアされなくて、ちょっと。

穂村：実際ヘボかったもん、キノコは（笑）。

甦る昭和の夢よ景品に手のり文鳥さしあげます、と　穂村弘

萩尾：チョコレート展の時の歌ですか。

穂村：はい。チョコレートのポスターに、「チョコレート食べてラッキーカードが出たら手のり文鳥さしあげます」って。

萩尾：ああ！

東：生き物（笑）。

穂村：しかも一等が「手のり文鳥（白）」で、二等は「手のり文鳥（桜）」で、白の方がグレードが高いの。一等は二百五十人当たるんだけど、二等は五百人当たって、やっぱり白い文鳥の方が位が高いんだね。

東：一等と二等の差そこにつけるんだ。今あまりこういうの聞かなくなったよね（笑）。

穂村：なんかすごい昭和だよね、って思ったんだけど。

東：鳥を飼うのがわりと流行ってましたよね、鳩を飼ったり。

萩尾：一時、そうそう。飼ってないからよけい夢が膨らんで。「来たらかわいいだろうな。手のりだよ」って。

東：「手のり」って書いてあったんですか？

穂村：書いてあった。

東：ちゃんと訓練されている。

萩尾：訓練しなきゃいけないの？　そうなの？

東：ある程度小さい時から人間に慣れてないと、無理なんじゃないかなあ。手のり文鳥として売ってましたよね、ペットショップで。
萩尾：うん。
東：鳥屋さんっていうのがあって、和鳥専門のところで、手のり文鳥。結構、団地なんかでも飼ってましたね、文鳥を。
萩尾：知り合いの漫画家さんに、今市子さんていうんですけど、彼女が『文鳥様と私』っていう連載を描いてるんだけど。手のり文鳥になってくれる文鳥と、なってくれない文鳥がいるの（笑）。
（編集：穂村さんこの歌、何回も消しては書いて消しては書いてされてましたけど、何を悩まれてたんですか。）
穂村：あのねえ、昭和の夢があわれなりみたいなことまで言うかどうかで。実際僕は、昭和だなって、寂しいような哀しいような懐かしいような感じを持ったから、あわれなりまで書こうかなと思ったんだけど、ちょっと言い過ぎかなって。
萩尾：「あわれなり」を入れたら何を削るんですか？
穂村：うーん、そうですねえ……「昭和の夢のあわれなるかな」みたいな感じとか。「あわれなる昭和の夢よ」みたいにすると、ちょっと感情が強すぎるのかなあと。ただなんか、自分が子供の頃の、親たちが夢見ていた希望とか夢って、景品に手のり文鳥みたいなところに、確かに集約されていたなっていう感じはありましたからね。
東：これ、チョコレートの景品ってこと？
穂村：チョコレートにラッキーカードが入ってると、もらえるんだって。ラッキー補助券っていうのもあっ

て、それは二十五枚集めると文鳥の桜の方だけもらえる（笑）。

一同：（笑）。

穂村：超熟読したからね。

東：これ「チョコレートの昭和の夢よ」とかじゃあだめなのかな。

穂村：「チョコレートの昭和の夢」、いいかもしれないねえ、そうしようかな。

東：「甦る」というと、何となく、子供の景品だってところも。

穂村：何の景品かわかんないもんね。「チョコレートの昭和の夢よ景品に手のり文鳥さしあげます、と」にする、東先生の添削をいただきます。

東：合作になっちゃった（笑）。チョコレートと文鳥、チョコレートを食べて生き物もらうって。

穂村：「手のり」っていうところに、ものすごい夢が当時はあったんだよね。なんか「白いマンション」っていう時の「白い」にも当時はすごい夢が乗ってたんだけど、この感じは多分、ある世代以下には伝わらないと思うんだよ。「白亜の」みたいなことから多分来てると思うけど（笑）。昔の映画とか見てると、若い男の子が、自分の恋人と貧しい四畳半とかを借りる時、「いつか白いマンションに住ましてやるからな」ってよく言ってて、その「白い」がなんか胸をこう……。

東：「白」ありましたね。「白いギター」とか。

穂村：「白いギター」も、いいものっていうイメージ。

萩尾：「白いブランコ」もあったし。

穂村：そうだ、白い方がいい。

東：高級品なんですね。そうすると「白」も入れたくなってきました。

穂村：（笑）。

東：白文鳥っていうのかな、あれは。

穂村：桜文鳥はグレーか？　くちばしが桜色なんだっけ？　でもやっぱり白の方がきれい。

東：だから白の方が一等なんだね。

ばらとゆり天使の翼は風を打ちマリアはガンバの音楽を聞く　萩尾望都

萩尾：これも絵です。それこそ買ってらした絵葉書の、天使がぴゃーんと翼を広げている。

東：一番最後の大きな絵ですね。「ガンバの音楽」って？

萩尾：ビオラ・ダ・ガンバっていう楽器。

東：ああ、楽器！　そうか音楽を。なかなか絵を見ても音まで行かなかったので、さすが。

穂村：これもやっぱり、セクシュアリティの感覚が「ばらとゆり」には背後にあるように読めますよね。問題意識が何かあるようなっていうか。

（編集：「無原罪の御宿り」っていうタイトルの絵でした。マリア自身、穢されていないきれいな体で身籠ったということが「無原罪」ということのようです。）

東：じゃあ身籠った時なんですかこれは。

萩尾：そうそう「告知」だから。

穂村：「ばらとゆり」は原罪なわけだ。しかしもともと種の保存のための初期設定が穢れていることなのに。穢れないことを讃えるというのが謎だよねえ、無理じゃん。

萩尾：それはねえ、人間の生物学においてすごく不思議なことなんですよ。例えば普通の生き物だったら、人間以外はみんなセックスするときに隠さないんですけど、人間だけが、いろんなとこに行って隠すし、逆にそれを見るっていうのは不道徳なこととされるから、商売になるぐらい。だから、それは何で？　って生物学の先生に訊いてみたけど、わかんないって。非常に無防備になるから、個室でやりたがるのか？　隠れてやりたがるのか、これがよくわからない。

東：一番敵に襲われやすいからっていうのどこかで聞いたことありますけど。
萩尾：それは今のところの定説になっています。
東：他の動物はそんなに隠れては。
萩尾：ブッダも脇から生まれてるでしょう。なんか、この時代の、なんていうかな、セミ神様は女の人から生まれるんですけど、非常に奇妙な生まれ方をしてる。処女で懐妊したり、脇から生まれたり。母性神話の次に来るのが男性神話で、この時に一神教が確立されるんだけど、全てそれは男の人のための宗教。だから初期の宗教は、本当に初期の単一神の宗教では、女の人は除外されている。そういうのも関係してくるのかも。つまり、「穢れなき処女」っていうのを、男性の宗教観が求めたのかもしれない、というひとつの捉え方があります。
東：そうですよね、男性的な考えですよね。
萩尾：その前のアニミズムになるともう、どすこい。
穂村：24年組の作家たちがみんなやっぱりそこに、それぞれの角度からアプローチしている印象が僕にはあって、それも当時読んでいてすごくスリリングでしたよね。少年漫画はまったく……、もうそれはまったくもう、男らしさの追求で……。すごかったからさ、梶原一騎だからさなんつってもさ（笑）。
東：能天気でしたよね（笑）。
穂村：それが一気に集団で、いろんなまなざし、角度からそのアプローチがあるというのも、すごいときめきでしたよね。革命的な表現のコアにはそれがあるような。短歌としてみるとこの「ばらとゆり」っていう平仮名書きの初句切れというのか、これが初句で書かれているのが、すごく印象的だなという感じがしますね。
東：「ばらとゆり」で対になっている感じがいいですね。天使の「翼」は対になってるでしょう。それで「マリア」と「ガンバ」っていうカタカナの二つのものの響きあいとか。すべて対になって開かれている感じがとても気持ちがいいですね。天使の翼、この大きな翼が風を打つ感じ。
萩尾：動いてますよね。ぴしゃーんとかいってねえ。
東：遠くから見るとすごい立体的に見えますよね。
（編集：グレコの天使の羽って形が左右違うんですよね。）
穂村：ああ。
東：それで動いてるように見えるんだ。他の宗教

画ってピタッと止まって見えますよね。でも「受胎告知」も、だいたい真横から見た、ぺったりした構図なのに、ものすごく構図がこう、解説に「うねるようにエネルギーが上に昇っていく」ってあったけど、確かに異常に絵が動くんですよねえ。

萩尾：ですよねえ、面白い人ですよね。

東：構図の摑み方が、尋常じゃないですよね。

穂村：「受胎告知」っていう言葉も、慣れることのできないインパクトを伴ってるよね、なんか（笑）。何度聞いても異様な言葉だって、感じて。「受胎を告知かあ」って。

萩尾：日本語では「受胎告知」って硬いけど、英語だとなんて言ってるんでしょうねえ。

穂村：なんて言うのかなあ。

萩尾：「妊娠のお告げ」？

東：妊娠のお告げですよねえ。柔らかいですよねえ。

穂村：それだったら全然この世の出来事だけど、「受胎告知」っていうとすごい非日常感が。

萩尾：「告」だもんねえ。

東：ちょっと裁判所的な、法律用語っぽい感じがあるんですよね。

穂村：ヨセフの気持ちや立場も今いちようわからんとこがあるし。登場人物として可哀そうすぎないかみたいなとこがあるしねえ。

萩尾：（笑）。

クレタ島にアンモナイトが生きていたころの天使は顔を持たない　東直子

萩尾：その頃は天使がいたのですか。

東：あっ、わからないけど（笑）。もしいたとしても顔を持っていない、人間ではまだない。

萩尾：それはそうですね。天使の顔は人間の顔ですもんね。

東：人間がいなかったので、天使という存在があったら、と、こじつけですけど。

萩尾：アンモナイトに羽が生えてたら、怖いし。

東：顔だけの天使がいたので。それをひっくり返した感じで書いたんですけど。エル・グレコが生まれた、遠い遠い遠いクレタ島の。

穂村：うん。顔は持たないけど天使はいたっていう

ことなんですかね、これは。まだ顔のない。

東：顔のない、なにか浮遊するものとして、アンモナイトのそばに。アンモナイトにとっての天使というか。それで最終的に顔だけの天使というのがすごく面白かったので。

穂村：なんか、江戸時代の人は走れなかったとかいうじゃない？　そうするとついこないだなのに、「え、走れなかったんだ」みたいに、それぐらい、ちょっと遡るともうわからないんだったら、ここまで遡れば顔を持たないぐらいはあるのかなみたいな。

萩尾：江戸時代の人はどうして走れなかったんですか？

穂村：バンザイしないと走れないとか書いてあったんです。そして走るっていうのは特殊技能で、飛脚さんみたいな特殊な能力の人だけが、極端にいっぱい走れたっていうのが。

萩尾・東：へえー。

穂村：本当か嘘か知らないですけど、江戸時代の絵画を見ると今と同じように走ってる絵がないとか。

東：そうだっけ。雨が降ってる日本橋とか。

萩尾：喧嘩だ喧嘩だとか。日本橋の上走ってたりしているイメージですけど。

東：時代劇なんかでも、しょっちゅう町民が走ってるような印象があるけど（笑）。

穂村：時代考証の謎ね。子供の頃読んだ本には「忍者は足の甲で走った」って書いてあって、やってみるわけよ、子供だから。超前傾姿勢になるんだけど、無理、全然、摩擦ないし。
萩尾：それは（笑）。
穂村：でもなんか、百年二百年遡ったときのわからなさってあるなって。
萩尾：ああ。
穂村：この間、長崎の出島に行ったんですけど、その頃のオランダの船長の部屋っていうのがあって、ベッドがすごい短くてね。世界一背の高いオランダ人がここに寝れるはずないよなって思ったら、当時の寝方は今みたいにフルフラットじゃなくて、上半身を枕みたいなものにもたれさせるように寝てたんですって。座るまではいかないんだけど、リクライニング状態で寝たって。どう見ても今の我々の体感では絶対楽じゃないじゃないですか、その寝方は。だけど当時もフルフラットに寝ることは簡単にできたのに、それで寝たっていうのが。
萩尾：なんかね、フルフラットに寝るのは死んだ人だけだったんですって。だから逆に言えば「生きてるぞ」っていうんで。
穂村：じゃあ快適とかじゃなくて呪術的な理由によるってこと（笑）？
萩尾：なんかわかんないけどね、みんなけっこう歳をとっていくと心臓が弱くなっていったんじゃないかと思うんですよ。心臓とか器官が弱いと、フルフラットに寝ると苦しいんですよ。それで、レオナルド・ダ・ヴィンチが臨終の時の絵っていうのが残ってるんだけど、フランソワ一世が手を握って、やっぱりそれも半分起きてて。私は「死にかけてる人を起こしやがって」と思いながら見たんだけど

（笑）、これが普通の寝方。

穂村：なんかそういうの不思議で。数百年で身体構造が変わったとも思えないのに。文化様式とか常識がすごい違うじゃないですか。

東：いろいろね常識が変わってるよね、出産方法とかね。

穂村：ああ。歯の磨き方とか、うさぎ跳びの是非とか、牛乳の健康に良し悪しとか。

東：あるよね。スポーツする時水飲んじゃダメって私たちは教えられたけど（笑）。

穂村：そうそう。今飲みすぎちゃダメっての知ってた？　また揺り戻ってる。

東：揺り戻ってるんだ。ちょっと前まではいくらでも飲みましょうって感じだったけど。

穂村：それが、今は飲みすぎるとダメなの。だからここまで遡ればねえ、相当違っても。

東：ちょっと二つの要素を入れました。アンモナイトを使いたくて。ありがとうございます。

お題＊魚氷に上る

お魚が氷に上る　人間が太陽に顔を突っ込んでいる　穂村弘

東：お魚が氷に上ってきて、人間は……。これ魚の視点ってことですか？

穂村：「魚氷に上る」は、歳時記的には氷の上にぴょんて上る意味ではないと思うんだけど。普通そのイメージになるじゃないですか。それで僕はこれは、原発のイメージで下の句は付けたんですけど。無理なことやるみたいな。

萩尾：ただの春の暖かさを感じてるっていうんじゃなくて、イカロスみたいに。

穂村：そうですね。太陽と原理が同じだっていうなら。だって魚が氷に上ることも無理でしょ、死んじゃうじゃない。

萩尾：そうですよね。

穂村：だから人間も太陽に顔突っ込むと。

東：異常事態がいろいろ起こってるっていうことなんだ。

穂村：そこまでいろいろわからなくても別にいいと思ったんだけど。一応個人的には原発イメージがある。

東：危険なものに、触れようとしてるということですね。魚を「お魚」ってしたのも、意図が。

穂村：うーん、どうしよっかな、「魚ら」とかねえ、いろいろやり方はあるけど。

東：でも「お魚」がかわいい感じがしますよね。「お魚」対「人間」。

萩尾：「お魚」ってあるところで、ありえないことが起こるっていう雰囲気がします。

東：ああ、なるほど。普通の魚ではない感じが出ているのですね。私一瞬魚の目線で思ったんですけど、もっと引いたカメラ目線で描いてる。

穂村：そうですね、人間がっていうのも。でも普通に読んだら日向ぼっことかになるよね。

東：「突っ込んで」っていうのがちょっと、日向ぼっこよりもきついものなんだろうなとは思うけど。でも原発までは読みきれない。

穂村：まあ読めない。でも読めなくても。あの事故の後の対応とかもねえ、行ってる人のことを何となく、イメージしたじゃない？ 誰があそこに入って何をしているのかみたいな。あの人は太陽に顔を突っ込むようなもんだなという。

萩尾：やっぱりこれ、人間のを「原発」にしちゃまずいんですね。

穂村：そうですね、そこまで言うと。氷と太陽みたいな。

萩尾：ああそうか。

穂村：そこまで言うと今度は、そのことについて散文的な認識をじゃあ示せばいいだろうみたいなことになるような気がするんですよね。そこまで論理的な認識が自分にあるわけじゃなくて、かなりヤバいだろうっていう感じ、のイメージがあるだけで。ここまではヤバいとかヤバくないとかを実際に調べていたり、論評するっていうジャンルではないので、「原発に」まではちょっと書けないかなという感じかな。

東：太陽に、「アトム」とか、太陽にルビ振るっていうのはありますよね。太陽に、例えば人間がアトムに顔突っ込んでいるという、太陽に「アトム」のルビ。

穂村：ああ。

東：原子力を。

穂村：匂わせるみたいな。それもあるね。でも全然わからなくてもっていう気持ちの方が、どっちかというとあったかな。なんか、無理感というか。

東：なるほどね。なにか、なんとなく漂う不吉さを表したいみたいな。

お題＊魚氷に上る

もう少し暖かくなったら目をさまし海に帰るかな上野のくじら

萩尾望都

萩尾：どこかに氷を入れないといけなかったから。

東：いや、暖かくなるっていう意味なので。

穂村：もう少し暖かくなったらだから。マンモスみたいに（笑）。

萩尾：あ、そうか。

穂村：眠っているイメージですね。

東：優しい、暖かい世界。

穂村：そうかあのくじらは眠ってたのか。

東：そういうこともあるかもしれないという。上野っていうと大地のイメージがあるんですけど、そこから、大地から海へと、流れ出してゆく豊かさというか、大きさがすごくいいなあ。

穂村：「もう少し暖かくなったら」に、意外な実感あるような気がしますね。四月になったらとか春になったらっていう言い方じゃなくて、もう少し暖かくなるのがいつなのかわからないんだけど、もう少し暖かくなったらっていう。これがくじらに対する呼びかけに味わいを与えてるような気がして。カレンダー的にデジタルにならないで、本当に呼びかけている感じを作り出しているみたいです。

萩尾：ありがとうございます。

お題＊魚氷に上る

とけかけの氷に透ける魚たちは都を望む瞳を泳ぐ

東直子

穂村：挨拶歌ですね。

萩尾：ありがとうございます。

東：お名前を入れてみました。

萩尾：恐れ入ります。そうか、こんな風に使うのか。次は私もなんか考えます。

穂村：もともとのお名前がね、素敵だから作りやすいですよね。

東：この歌には意味があって。今、先生の『王妃マルゴ』を繰り返し読んでいて、王妃たちがいろんな国にお嫁に行って、自分が生まれ育った都を思い返してるんだなあって、そういうものも込めて作りました。

萩尾：ああ！

穂村：挨拶歌作ってても、うれしいんですよね。すごいテンション上がるよ（笑）。

東：一生懸命考えました（笑）。なんとなく、萩尾望都さんの絵の感じ、瞳が非常に印象的なんですよね。瞳の中に物語があるというか。それで、瞳の中に物語がいっぱい宿っている印象で、瞳の中に春が来て、春を喜ぶ魚たちの感情もそこに詰め込んでいるという。我ながら好きな歌なんですけど（笑）。

穂村：アハハ、自画自賛されたよ（笑）。

東：望都先生へのリスペクトを込めて（笑）。

穂村：今日は本当にリスペクトとの戦いで。

一同：アハハ（笑）。

穂村：わかります？　この苦しさ。リスペクトと戦わなきゃいけない。

萩尾：そうだったの。

穂村：リスペクトに溺れては仕事にならないから、すごい苦しいですよ。

萩尾：えー。

東：まさか一緒にお仕事できるなんて。

萩尾：本当に。

東：すみません自分でいっぱい解説してしまって。ここがわかんないということがあれば。

萩尾：大丈夫です。

穂村：みんなそうだと思いますけどね、萩尾さんにお会いする人は。

東：ありがとうございました。

萩尾：全然素人なのに、お誘いいただいて、恐縮です。勉強になりました。

東：萩尾望都先生に、短歌作っていただいて。

穂村：本当にうれしかったです（笑）。

萩尾：ありがとう。

二〇一三年二月七日〔上野散策〕

ゲスト紹介

萩尾望都（はぎお・もと）
マンガ家。1949年、福岡県生まれ。1969年、『ルルとミミ』でデビュー以来、SFやファンタジーなどを取り入れた壮大な作風で名作を生み出し続けている。『ポーの一族』『11人いる！』で1976年第21回小学館漫画賞、『残酷な神が支配する』で1997年第1回手塚治虫文化賞マンガ優秀賞、『バルバラ異界』で2006年第27回日本SF大賞ほか受賞多数。2012年には少女マンガ家として初の紫綬褒章を受章。2016年、40年ぶりに『ポーの一族』の新作を発表、2017年朝日賞を受賞。

川島明（芸人）in 大井競馬場

数字文字愛着直感軍資金顔をあげれば過ぎた締切

川島明

穂村：これは馬券を選ぼうとする時の感覚なのかな。「数字文字愛着直感軍資金」。
川島：そうですね。馬券を買うときに、新聞のような情報もあるんですけど、やっぱりその馬への愛着とか、ずっと応援してるしなっていうのも加味されたり。あとは占いとか直感のひらめきもあるんですけど、結局、金が足りないと買い切れない。今日はあれです、あのレースをやっとったら、締切終わっとるっていう。
穂村：焦りますよね。さっきも買おうとしたらマークシートが間違ってて。後ろからお姉さんがいきなり出てきて。間違ってますよって言われて。言われてもわからないから言われるがままに直したんだけど。
川島：（笑）。
穂村：「軍資金」が入っているところが面白いよね。他の言葉はみんな心の中の何か葛藤みたいなことだけど、突然懐具合がやはり問題になるっていう。
東：ここだけ三文字だしね。名詞畳みかけの技法を使って、心の動きを表している。
穂村：作り慣れた人みたいな作り方だねえ。
東：ねえ、すごいよね（笑）。
川島：いや、全然わかんないっす（笑）。
穂村：芸人さん、特にお笑いの人は言語感覚がみんなすごいけれども。
東：ちゃんと短歌的なリズムがありますね。最初に言葉を畳み掛けるこの早口なリズムで、下の句はひらがなを使ってゆったりしたものもあり、最後は体言止めで、上とのバランスがいい。
川島：へえ。そんな意識はまったくなかったです。
穂村：最後まで読むと結局心の中で色々考えて、カロリーを使って脳を使って考えたすべてが無駄になったっていうことなんだけど、そこに何か良さがありますよね。
川島：馬券を買うときに「締切ったで」って言われるとすごいほっとする。
穂村：買わずにすんだという（笑）。
川島：あーしまった！という思いはあんまない。

口では結構言うんですけど、「あー、よかった」って。結局外れるんです。買ってないのに絶対外れてるんで。

穂村：でも当たってたら、悔しいですよね。

川島：悔しいですけど、その悔しさをあんまり経験した人がいないですよね。やっぱ当たんないですよ。

穂村：買わない時に限って当たるみたいな風にならないんですか。

川島：ならないですね。それが難しい。当たってる時は逆に考えがまとまってというか。何かどっかに一個特化してやってるんで。これで行こうこれで行こうとか。

東：なるほど、そっか、色々迷うと良くないのか。

川島：迷うっていうことは、それは当たってないっていうことなんで。

穂村：長年やっていれば自ずからその人のやり方があって、自分のこういうデータで行くとか。それを重視するって、一人ひとりのメソッドができているわけですよね。それでもそんなに迷うものなんですか。全然短歌の話じゃなくなってるんだけど（笑）

川島：そこってまあ例えば、展開を読む人もいるし、騎手が好きな人もいるし、血統を重視する人とかもいるんですけど、一日当たらないとやっぱ全部ぶれるんですね。今日はこの日じゃないのかってことになってきて。お金がかかっているんでよけいにぶれやすいという。

穂村：この歌はやっぱ

り上の句の並びがいいですよね。「数字文字」が先に来て、それから「愛着直感」っていう。最初がデータ的なものから入って、次に心の領域に行って、最後に懐具合に来るっていう。

東：リズム的にも「数字文字」でここで脚韻で「愛着直感」で「ちゃ」「ちょ」と響きの呼応があって、この収め方が上手いですよね。

川島：ええっ、そうですか（笑）、漢字ばっかになっちゃいました。

東：「顔をあげれば」っていうところが現実に戻って行くというか。

川島：音で気づくという。締切のベルであれっ？ていう。

東：確かに、新聞のデータとかを必死で読んでいたら世界を忘れますよね。この地球上の現実のこととかは忘れそうな（笑）。

穂村：競馬新聞ってものすごい情報量ですよね。この中に宇宙があるくらいの。この表記法誰が考えたんだろうね。

川島：何言うてるかわかんないでしょう。

東：これは騎手の名前？

川島：騎手の名前ですね。この記号みたいなんは

「大井競馬場の第四レース一分一七秒六でしたよ」とか書かれてるんです。過去のレースの結果が書いてあるんですよ。

東：もう何か気が遠くなるようなデータの世界。五百円するわけだって気がします。

川島：いやほんまに。これ、結構すごいこと書いてあるんですよ。すごいものですよ、読み物として。

東：一部だけでも、雑誌一冊分ぐらいの情報量が。

川島：コラムも息抜きでありつつ、僕もそうですけど、結構レースが終わった後の新聞もニコニコ見てるっていう。

東：なるほど。わかりますわかります。たとえ負けても。

川島：終わったらあのレース、何か買えることあったっけ？　みたいな、どうしたらあれ当てれた？　っていうようなことを言いながら。

東：で、次に繋げるっていう。物語があるんですね、競馬って。物語性。数字にすごい物語が詰まっているというわけで、やっぱり「文字数字」ですよね（笑）。

川島：結構文字数字のえげつない情報に（笑）。

東：文字数字に愛も涙も詰まっているという。非常に競馬を凝縮した作品ですね。いきなり上手いですし尊敬します。初めてとは思えない。

川島：いいえ、わかんないままに。

赤ペンをゆらゆらさせておじさんが「生まれた時点で負けてんだよな」　穂村弘

東：何か悲しい歌ですね。川島さんいかがですか。

川島：競馬場に絶対いる人。ＪＲＡは土日やってるんですけど、大井競馬場って、やっぱり平日の昼からやってるからか、昼間にここに来られる人っていうのが、かなり特徴がある。ちょっとおかしいんですよ。普通ではないですよ。

東：客層がやっぱりちょっと違うわけですね。府中競馬場のほうが結構ファミリー連れとかで。

川島：やっぱり全然違う気はしますね。府中は土日家族サービスで来る人もいて。僕らが競馬をやりはじめた時は、この歌のようなおじさんたちしかいなかったんで。にしても切なすぎますね（笑）。

穂村：さっき本当にいたんですよ、おじさんが。こっちに近付いてきて、「生まれた時点で負けてんだよなあ」って言ったんだけど、目が何か泳いでたから誰に言ってるのか。馬場のすぐ前で見てる時に、そういうおじさんがいたから、血統のことを言ってんのかなあってちょっと思ったんだけど。

川島：なるほど。

東：じゃあ馬のことなんだろうね。

穂村：馬のことかなあと思ったけどね。さっき血統が重要だっていう話をして、それだったら残酷だなあって思ってたから。

東：でもそれって馬のことを言ってるけど実は自分のことをちょっと言ってるような。

川島：僕もそっちだと思いました（笑）、切なさが。

穂村：そうですね。でも昼間からここに来れるのは貴族とも言えるよね（笑）。

川島：ええ、ほんま羨ましいですよね、憧れの。

東：まあ、定年退職後みたいな感じかな。

穂村：「夢追人」っていうお店の予想屋さんだって、賢そうなしゃべり方してたよ。僕が思い描いていた予想屋さんとは違うしゃべり方だった。

東：上品なしゃべり方ですよね。

穂村：お客さんって普通大勝ちしても、そこで引き上げないのかしら。やっぱり最後までいるのかな。

川島：そうですね。勝ってプラスが少しでも出た時点で帰れる人が強いという世界ですね。それができない人が負けるんですね。

東：ついてるからもう一戦やっていこうとか。

川島：はい。もう一個倍、ダブルアップという。本当は一レース来て、それで当たって帰ったらもう勝ちじゃないですか。

東：そうですね、負け知らずになりますね。

穂村：今まで一番勝った時でどれくらいですか？

川島：それは、一日で二百万とかですね。

穂村：えええ！

川島：それはでも、負けてますよ二百万以上（笑）。

東：それまでで（笑）。

川島：もちろん。全然ボロ負けしてますよ。

東：札束持って帰ったんですね。

穂村：それは大きいのが当たったんですか。

川島：三連単百五十倍とかで、一万円買ってたんじゃないかな。

東：いやあ三連単で一万円はなかなか我々には賭

けられない。
川島：GⅠの特別なレースだったんで。
東：「ゆらゆらさせて」に悲しみがにじみますね。
川島：これは目線もってことですか？
穂村：最初話しかけられてるのかなって思って、答えなきゃいけないのかなって。難しいなって思ったけど、目はこっちを見てなかったから。ひとりごとかなあ。
東：「ゆらゆら」は目線でもあり人生でもあり、まあもちろん赤ペンのゆらゆらでもあり、そして「生まれた時点で負けている」っていうのが馬であり自分でありっていう、人生が色々詰まっている感じですね。
穂村：今日はみんなで同じものを見たから、これがどういう人かすぐわかるけど、この歌だけを多分見たら、競馬場だってことがわからないとか思ってそれを赤ペンで何となく暗示しようかなあと。
川島：赤ペンってギャンブル性高いもんね。
穂村：赤鉛筆を耳に挟んでいるおじさんとか、子供の頃にいたけれど。
東：場外馬券とか家でやってましたよね。
穂村：それでもみんな来るんだ、やっぱり。
川島：見に来たいみたい。やっぱり声が出したいんですね、ここは絶叫できるんですよ。百円とかしか買ってないんですけど。もうほんとに、殺人をほのめかすようなことを言ってる。
東・穂村：（笑）。
川島：「やったー！」とか言っても四百円とかだから。
東・穂村：（笑）。
穂村：でもケータイで買って一人で部屋で叫んでればいいのに（笑）。
川島：それなら誰かと一緒にいたい。なんかちゃうんですよ、声が出せない理由があるのかな。
東：さっき競馬場はデートにも使えるって話があったけど、負けてたら、何か

気まずいっていうか、機嫌が悪くなるんじゃないですか。

川島：そうですね。男の人の手腕によるというか（笑）。女の人と一緒に来る時はデートだと割り切らないとダメですね。

穂村：もう仕事ぐらいの気持ちで。

川島：エスコートして、この人と一緒に楽しもう、負けたら外れたで、って笑ってるうちが一番いいんですけど。

穂村：殺人をほのめかしたらやっぱり、引かれるよねえ。

川島：いや、そこでわかると思いますけど、結婚した時の素顔。

穂村：人間性が（笑）。

東：じゃあ結婚前に行っとくといいのかな（笑）。

川島：一回行っといた方がいいかもしれない。この騎手に向かって言ってるやつが自分に向くと思ったほうがいいんですよね。女の人も本音が出ますし。

穂村：打たれ強さとかもわかりそうだね。

東：色んなものが見えてくる競馬場。

川島：あと人生の縮図っていうのがぴったり。この「生まれた時点で」っていうのが。

東：本当ですね、上手い歌ですね。よくこういう台詞を拾ってきましたよね。

メモリアルビアンカ胸に紫陽花の花を咲かせて砂けりあげる　東直子

穂村：これも今日一緒にいた人たちは「メモリアルビアンカ」が馬の名前だってことがわかるけど、そうじゃない場所でこれを初めて見た人は、「砂けりあげる」まで読んで「あ、馬なのかな」ってそこで初めてわかるみたいな感じなんですかね。その面白さ。白い馬なのかなあ、メモリアルビアンカだから。

東：うん、葦毛の馬ですね。白くて、黒い模様があって、曼荼羅の模様だった。それが紫陽花ぽいなと思って。

川島：葦毛の特徴っすね。

穂村：まずこれ名前が「メモリアルビアンカ」だから全体に綺麗な歌になってるけど、「カラオケスナック」になると……。今日いたもんね、「カラオケスナック」っていう馬も。

東：いたね、メモリアルビアンカは綺麗な名前だなと思って。

川島：いいですよね。何か花嫁感が出ていいですよね。

東：ああ、花嫁感は確かに。

穂村：紫陽花の花っていうのは模様ですか？

東：そう、模様がもわもわっとしてたから、その模様を詠みたいなと思って。何かと斑点が集まっている感じが紫陽花っぽいなと。

穂村：牝馬なのかなあ。

川島：牝馬でした。

穂村：そんな作りですよね、歌全体が。

川島：模様が紫陽花。いいすねえ、何か。

穂村：純白の記憶みたいな感じなんですかね。

東：そうですね、メモリアルビアンカ。白い記憶。

川島：何かすごいですね。花嫁感。花嫁が砂浜走ってるみたい。

穂村：そうですね。

川島：紫陽花っていうのもジューンブライドみたいな感じはある。

東：ああ、そうですね。ちょうど今だ。

穂村：何かもともと馬の名前にそういう二重のイメージが。「この馬の名前の背後には愛人が見える」（笑）とか、そういうのもあるけど、これは川島さんがおっしゃったように綺麗な女性ですよね。花嫁的な、純白のイメージ。

東：そうですよね、何か馬の名前で詠みたいと思って。

川島：なるほど。

東：メモリアルビアンカが一番綺麗だったかな。カミノモモコも気になった。綺麗な名前、かっこいい名前、そしてコミカルな名前と。名前は面白いなと思って。

川島：馬は名前でも決まるんだなっていうこともありますね。競馬のレースの中で一番格式が高いとされているのが日本ダービーというやつなんです。それに勝つのはやっぱりかっこいい名前の馬ばっかりなんですよ。ルドルフとか、オルセーブルとか、ウォッカ。デュラメンテっていうのが今年勝ったんですけど。ダービー馬っぽい名前っていうか。

穂村：言霊的なものがあるんじゃないか。

川島：名は体を表す。名前と葦毛が何かいいですよね。

東：そうですよね。名前と姿がぴったり合っていて。葦毛の馬もあんまりいないですよね。

川島：一レースに一頭出ていれば、というかんじですね。葦毛で紫陽花はいいですよねえ。綺麗。

東：「砂けりあげる」だからまあ、花嫁と読んでしまうかもしれないけれど、それでもいいかなという感じです。

「目があった！」頬赤らめてたあの女《ひと》は指を赤く染めどて煮を啜る　川島明

穂村：これも、馬と目が合ったんでしょうね。シチュエーションを知らないと普通は恋愛的なものかなと思うけど、そこを逆手に取った歌でしょうね。確かに僕も、アザラシと目が合った時ものすごく

興奮したことがあって。

東・川島：（笑）。

穂村：人間だとどんな美女と目が合っても、まあ人間同士だからって思うけど、動物と目が合うと異常に興奮するっていうことがその時にわかったんだけど。それと、掛詞的に頬を「赤らめ」た後今度は指も「赤く染め」て、それで競馬場の名物などて煮を啜っているっていう。全部その競馬場であるっていうネタを隠しながら言葉を並べてるんですね、これ意図的に。そこが面白い。

東：もしかしたらそういう読みもあるかもしれないけれど、目が合った。昔目が合っただけで頬を赤らめてた人は、今は競馬場でどて煮を啜っているっていう風にも読めるなと思ったんです。

穂村：あ、過去形だからね。

川島：これはまあそうですね。大体最初に競馬場に女の子を連れて来たら、パドック行って、どれがいい、あ、目が合ったからあの子買うわってすごい興奮して、いいですね。

東：なるほど。

穂村：何度も連れて来てますね（笑）。

川島：いえいえ（笑）、いやこういうお仕事もありますし、大体教えてって言われるとここに来るんですね。平日やし。そんなので喜んでた人なんですけど、まあその、時間というか、その日の夜でもいいですし、馴れてくると、指を赤く染めて、赤ペンのインクが指の先に絶対つくんですよ。

東：ああ、冷たいんじゃなくてペンで指が赤くなるんだ。

川島：ペンとか、新聞で黒くなったりとか。何か高揚で赤くなって、「どて煮を啜る」って言う、すごく慣れてしまって、ロマンもくそもなくなってくるという。

東：なるほど。

穂村：短歌って叙述より描写しろって、細かいところを丁寧に描写しろっていうセオリーがあるんだけど、ちゃんとそれがこう出来ている歌ですよね。

東：そうですよね、細かい。

穂村：細部まで描けているという。そうかやっぱり「目が合った！」というのが一つのパターンなんですね。

川島：絶対言いますね。目が合ったし、七番がいいとか言って。名前・見た目・目が合った。

東：最初に「目が合った！」って会話で始まるところ、引きがあって、上手いですよね。

穂村：うん。

川島：いえいえ（笑）。
東：何でこんな最初から短歌の構成が上手いんでしょう。一つだけ、「指を赤く」はどうかなあ……「を」が二つあるので、「指赤く染め」でもいいかな。「指赤く染めどて煮を啜る」とかでも。
川島：ほんまや。
東：小さなことですが。
穂村：色々食べ物がある中で、どて煮という選択もいいと思いますね。
東：たこ焼きよりはやっぱりどて煮ですね。何か、煮込みという所が。
川島：大井はどて煮がうまいんですよ。ずっと煮込んでるんで、一週間（笑）。
東：そういう時間の蓄積を感じさせる食べ物っていうのが、競馬場を象徴しているようなところもありますものね。

「夢追人」に異議をとなえる者なくて皆うつむいて夢をみている　穂村弘

穂村：さっきこの通りの光景を見たので。
川島：ねえ、ほんまや（笑）。
東：あんなに裏切られても、でもやっぱりまた聞きに行くんでしょうね。
川島：すごいですよね。全員だーれもしゃべりかけてないのはすごいですよね。
東：確かに。じっと予想屋さんの言うことに耳を傾けてる感じ。
穂村：俺は違うと思うとか言ってみたりしない（笑）。予想屋さんに質問とかしていいんですか？
川島：いや僕したことないし、質問してる人も見たことない。
東：もう信者と教祖様状態。それがまた嬉しいんでしょうね。そういう関係として立っているのが。嬉しそうにうつむいて立ってましたよね。うなだれてるっていうんでもなく。
川島：ね、虎視眈々と狙ってる感じの。盗み聞きしている感じもあって。
穂村：一人ずつ頭の中でものすごく考えてるんでしょうね。
川島：でも結局、ほとんどの人が予想を買わないですから。夢追人って名前がまた、マッチしてましたよね。

穂村：不思議なものを売ってますよね。あの紙を売るっていうのは数字が書いてあって。しかも別に絶対当たるわけでもない紙を売るっていうのが（笑）。

川島：根性あるなと思うのが、外れてもまた別に同じテンションでやってるっていうのが。何かね、お店とかやったら次の日いないじゃないですか。

穂村：まあね（笑）。

川島：よくこんな外した人が平気でまた同じしゃべり方で、また同じ人が並んで、お経を頂いてる感じ。

穂村：根本的に本当に当たるなら、買えばいい話ですもんね。本当の本当に勝率があるなら、自分が買えばいいだけのことだから（笑）。

東：そうですよね。

川島：ああいう人たちは自分では絶対に買わないすね。

穂村：でもそれを買う方もわかってるわけじゃないですか。

川島：はい、はい。

穂村：本当に当たるなら、この人が自分で買えばいいって。そこが何ともプロレス的というか（笑）こう微妙ですよね。

東：ちょっとお互い演じてるところがありますよね。そういう役割を。

川島：今はだって予想っていってもメルマガなんですね。サイトとか月額五百円とかでやってて、で全国に。めっちゃ効率いいですよね、それ。別に当てれば口コミで広がるし、お金もめっちゃ儲かるんでそれもう自分でも買わんでもいいんですけど、あのアナログの人って多分もう、あの世代で終わりなんで。もうあれ以上若い人はみんなメルマガやるんで。何とも職人て感じが。

穂村：絶やすのが惜しいからやったらいいんじゃないかな。

川島：俺ですか（笑）！

穂村：「麒麟」っていう名前の店にして。

東：麒麟、てすごく霊験あらたかな感じしますよね。漢字が、画数多くて。

川島：ほんまや。

穂村：霊獣だからね。ジラフじゃないから、麒麟。

川島：さらに宗教感が出てしまいますけど。

東：二人で（笑）。

穂村：掛け合いで。

海風の通りぬけゆく本馬場に追いつめてゆく夢老いるまで　東直子

東：さっきと素材が似てるんですけど。

穂村：これは「本馬場」って言う言葉がすごく生きてますよね。さっき川島さんに聞いてたけど、いい言葉をもらったっていう臨場感がある。これが何かもうちょっと素敵な感じのカタカナ言葉だと「海風」とか「夢」とか素敵な言葉ばっかり出てきちゃってやっぱりダメだと思うんですね。本馬場にすごく匂いがある、綺麗な言葉で組み立ててるところに、すごくこの言葉が生きてる。「夢老いるまで」はどんな感じかなあ。ずっと一攫千金の夢を見ながら通い詰めて、でも何か結局叶わないみたいな感じかなあ。

東：ずっと通ってて大金持ちになった人はあんまりいないですよね。

川島：あんまりというか、まずいないですよね正直。

東：みんなお金を失くしてゆくわけです。でも、ずーっと夢を見ながら。

川島：そうですね。

東：馬場についた瞬間みんな夢を見てるわけですよね。

穂村：ちゃんとその場所の描写が出来てますよね。「海風の通りぬけゆく」でこれは大井かなみたいに思えるんじゃないかっていう。その臨場感がありますね。

川島：なるほど。大井競馬場前は駅に降りたらすぐ馬の匂いがするんで。そこにもおじさんとか僕は興奮してしまうんですよね。

東：府中よりこっちの大井の方が好きなんですか？

川島：ここの匂いという意味では、こっちの方が濃いんです。

東：馬が近いからじゃない。

川島：はい。府中はやっぱり二十万人ぐらい入るような施設なんで。こっちの方が近いですよね。パドックもあんだけ近いし。レースもすごく近くてコースの幅が狭いので、あんな至近距離で鞭の音が聞こえるってなかなかないです。

穂村：鞭の音が聞こえますもんね。

川島：あとゲートの開く音。

東：ゲートの、パカッパカッていう馬の蹄の音とか。すごい臨場感があります。

川島：「海風」とか「本馬場」っていうだけなのに、馬の匂いが、わかりますねこれ。

東：あの気持ちいい風、すごい蒸し暑かったのに、あそこに着いた時すーっと風が駆け抜けて。

穂村・川島：（笑）。

川島：そう、一本通るんですよね、パドック。

東：ね。あれはいい建築ですね。

穂村：海風はどっちに向かって吹いてるのかな。建物に向かって？

川島：建物に向かってるのかな。地理で言うと北が僕らが入ってきたとこなんで、北から南に歩いてきた。

東：っていうことはやっぱり、あの馬場の向こうに海がある。

川島：向こう海ですね。

東：ああ。じゃあやっぱり海風で、海からの風でいいんですよね。

川島：そうですね。海風。

東：そうか、夏だから海からさあっと風が吹いて、じゃあずうっと気持ちいいわけですね、夕方は夕風が北から吹いてきて。風通しのいい競馬場、気持ちいいですよね。

改札も信号待ちでも意識するスタートダッシュを決めてやろうと　川島明

穂村：競馬マニアの歌だね、これは。逃げ馬タイプということで。

川島：これはもう、シンプルにつくりました（笑）。

穂村：この「改札」は駅の改札？

川島：改札ってもう競馬場のゲートまんまそれなんで。

東：なるほど！

川島：一番似てる。

穂村：麒麟のスタートダッシュだ。

川島：僕らは高校の時も自転車乗ってる時の信号

待ちの時はたいていこうでしたし（笑）。京都よりも大阪の方とかやと、僕より早い人いっぱいいるんですよ、スタートダッシュ。ただフライングが多いので（笑）。それを、最終的に向こう岸につくまでに差す！ という。

東：差すんだ（笑）。

川島：三十六歳で子供みたいなことやってますけど、走ったら反則っていう。そういうのを毎回やってますね。

東：毎回なんですか（笑）。

川島：毎回やってますね。高校の時からずっとやってますし。一度武豊さんにインタビューをさせて頂いた時に、「何か職業病ってあるんですか」って尋ねたら、「改札を出る時にやっぱ決めたなるで」って言ってて（笑）。

東：おかしい（笑）。

川島：こんな天才でも未だにやってるのかって。だから改札見ると思い出すんですよ。引っかかったら「うわ、縁起わる！ ってめっちゃ思うねんや」って言って。あの天才でも同じことを思ってるのやって思うと、嬉しかったなあって。

穂村：それはいい話ですね。

東：面白いなあ。そんなこと思ったこともないですよね。

川島：思わんで正常なんですよ。

東：そしたら邪魔する人とかいたらいらいらしちゃいますよね。信号とかね。

川島：そりゃめちゃくちゃ邪魔な人もいますよね。審議やろって思いますよね。

東・穂村：（笑）。

川島：何か意識してしまうことは多いですね。

穂村：この歌の上の句では、何を意識するのかわからなくて、続きを読むとそれがわかるっていう、その作りがいいですよね。

東：スタートダッシュっていうのがいいですよね。何かこれがまたコミカルに響いていて。

穂村：これもやっぱり場の要請があって、今日われわれはすぐに、「ああ競馬だからね」っていう詠みになるけど、そのことを知らなければ

ね、何かやけにせっかちな人が歩いているようになりますもんね。

川島：大阪人（笑）。

東：川島さんは京都の方？

川島：はい。

東：そうするとあの信号待ちで待ちきれなくて出ていくなんて反則では。

川島：これは反則やと思うんです。そこは競馬が好きやからこそ、フライングだけはしないという。

東：さすがです。

穂村：逃げる馬が好きとか、差して来る馬が好きとかそういうのはあるんですか。

川島：僕は追込みが好きなんです。一番最後の一番。

穂村：じゃあいいじゃないですか、ゆっくり行けば。

東：スタートダッシュでゆっくりして。

川島：そうなんですよ。追込みが、もともと好きやった馬が追込み馬やったり、競艇とかちょっと圧倒的な差があるのは……。競艇はスタートで八割決まるんで。

東：へえ。競艇もされるんですか。

川島：僕は競艇はやらないんですけど、連れて行かれてやった結果、「よーいドン！」でもう決まってしまう。競馬だけが最後の逆転劇があるので、そこが好きなんですよね。

東：やっぱり生き物だから、スタミナ切れてとかいろいろあるよね。

川島：そうですね。あの無茶苦茶早く行ってしまうと後ろが有利やとかあるのが。モーターの場合はエンジンなんで関係ないんですよね。最後までわかんないという。

穂村：逆転のある方がいいですよね。興奮しますもんね。やっぱり何か、自転車とかボートだと、人間の力が全部みたいな感覚がどうしてもあるから、馬は何かね、そこに何か別なものが介在していて、あんまり殺伐としきらないような気がしますけどね。

東：そうねえ。負けても、まあ馬のことだから仕方ないという。

川島：そうですね。機嫌を損ねて走らへんとかありますし。馬同士の恋愛とかも実はあったり。

東：へえ！　あ、牡と牝がいるから。

川島：牡と牝がおって、むちゃくちゃ強い男がいて、めっちゃ強い牝馬と対決した時も何故か二着ばっかなって、どうやらお尻見てるんじゃないかあれって。抜かないで終わったりとか。

東：え、じゃあ牝が先に行っちゃうの。

川島：牝が絶対勝つんですよ。

穂村：（笑）。

東：面白いそれ。
川島：そういうのがあったり、抜かれそうになってあんまりにも悔しくて噛みつきにいったりとかいるんですね。
穂村：へぇ。
東：競争心あるんだ。
穂村：勝ちたいっていう気持ちはあるんですね。
川島：あるみたいですね。やっぱ競争本能というのがあって、並ぶと強い馬もいますし、並ばれると止める馬もいますし。その性格を上手く騎手が引き出すために、わざと寄せていったり離したりとか色々やる。結構デリケートな生き物ですよ。

青空に雲湧きあがるはるかなる競麒麟の歓声のように　穂村弘

穂村：挨拶歌です。
川島：麒麟だ。競馬じゃなくて。
東：麒麟が競争しているんですね。麒麟の競争があったらすごい迫力でしょうね。めちゃくちゃでかいですもんね。
川島：あのキリンですか、首が長いほうの。
東：まあでも、空想の麒麟の方でもいいんですけど。穂村さんこれ、アフリカのキリンのイメージ？
穂村：伝説の方の麒麟のイメージだったんだけど。どっちみち実在しないゲームなんですけど、その、競馬で、幻のレース。神様は競麒麟をやっているかもしれないとか。霊獣でしょ、あの麒麟というのは。
川島：はい。
穂村：幻で霊力があって。ユニコーンとかああいう類のものなんですよね、多分。
川島：そうですね、ペガサスとかね。
穂村：うん。だから、神様は空の上で見ている。我々が競馬を見るように競麒麟を見て何か歓声が起きているみたいな。
東：第二句の「雲湧きあがるはるかなる」の夏雲の入道雲の雄大な空が

すごくいいですね。
穂村：イメージです。
東：こういうもりもり盛り上っている雲の視覚的な世界が声であるっていう、視覚から聴覚への転換が素晴らしいですね。
穂村：さっきも競馬はほら、叫ぶって言ってたしさ（笑）。
川島：そうですね。
東：叫ぶのが楽しいんですね。
川島：叫びに来てる、喉からしに来てる。競麒麟かあ……。
穂村：神様も結構罵声を浴びせたりしているのかなみたいな。
川島：熱いですね（笑）。欲持ってないっていうはずなんですけど。
穂村：最初は「はずれ麒麟券」っていうのを考えたんだけど。それは何かちょっと縁起悪そうだから（笑）。
川島：（笑）。

東：競麒麟って何か響きが面白いね。カ行ばっかり出てきて。

川島：確かに競麒麟っていうのは迫力があって。

穂村：馬はちゃんとみんな回っていい子でゴールするけど、滅茶苦茶な方に行っちゃう奴とかいないのかな。

川島：曲がらなかった馬もいますね。

穂村：やっぱり。だって、あり得ますよね。

川島：オルフェーブルって言うとんでもなく強い馬が速すぎて曲がりきれなくてコーナーでふくらんじゃった。おじさんたちが「うわー終わった！」と思ったら、そっからぐわーっともう一回曲がってきて二着。

穂村：へええ。

東：すごいね。
川島：すごい。それで、この馬ちょっと化物じゃないかって人気が上がったんですよ。
穂村：騎手は焦るだろうね。俺のせいだ！　って思うだろうね。
川島：すごい人間的な馬なんですよ。騎手の言うことを聞かないからそういうことをするんですよ。勝ってジョッキーがガッツポーズしたら絶対落とすっていう。
穂村：お前じゃない！　みたいな（笑）。すごいね。
東：すごい勝気。
川島：すごい人気です。
東：面白いですね。
穂村：落とせるタイミングがわかってるのが結構おかしい。
川島：気い緩めたなって思ったらパッて。
東：危ないですよね。
川島：危ないです。でも大歓声。ぐれた人気者がおもろいですねえ。
穂村：キャラクターがあるもんね、馬にもね。
東：本当に見てて一頭ずつ全部違いますね。体の大きさとか、艶とか、表情や仕草も、パドックで連れてる人にきゅんきゅん甘えてる馬とかいて、すごい全然性格が違うんだなあと思って。競麒麟も、見てみたいです。

白い雲明るく映す川を越え馬のにおいのしている島へ

東直子

東：一応これは、「川」「島」さん。
川島：あら、すごい！
穂村：これも挨拶歌だね。
川島：僕だけ挨拶持ってなかったですね。
穂村：ゲストに挨拶です。
川島：へえ、すごい。
穂村：「明」るいも入ってるんだ。
東：「明」るいを最初にしちゃった。
穂村：しかもちゃんと今日の歌そのものですね。
東：うん。で、大井競馬場の住所がかつしまって読むの？　あれ。
穂村：ああ、書いてあったねえ。

川島：はい。
東：かつしまなんだって思って。
川島：島のイメージがすごいあるんですよ、この辺。すぐそこが平和島やったりするんで。何かマカオじゃないですけど、何か東京とはちょっと一線を画しているギャンブル場の島という感じがしてどきどきするんですよね。島っていうのがすごくいいですね。
穂村：うん。島がいいですね。何かちょっと現実でありつつ別世界感が微かに漂うみたいな。よかったね、作りやすい名前で。
一同：（笑）。
東：最初「馬の匂いのしてる駅」って思いついたんだけど、いやあ川島さんへの挨拶作りたいなって思って、島って言って。
穂村：島の方が歌としてもいいですよね。
東：そうですね。川島さんのお名前のおかげで。
穂村：実際すごい匂いだったし。
東：強烈な。あれは馬の、厩舎の中に籠っている匂いが飛び出しているわけですよね。
川島：常にそうですね。馬の生きている匂いというか、馬糞の匂いももちろんありますけど、汗とか。そこまでダイレクトに来る。
東：汗も、白い汗が見えてすごかったですね。白い汗をかくんだって思って。それも歌にしたくてなかなかできなかったんだけど。
穂村：今日さ、競馬行くって言ったらさ、お尻を触って油っぽいのが勝つんだってよって教わったんだけど、触る機会がない（笑）。
川島：絶対触れるわけないです。できないです（笑）。
穂村：奥さんが「勝ち方を教えてあげる」とか言って、「お尻を触って一番油っぽいのが勝つんだよ」って。
東：みんな触ったら問題でしょ（笑）。
穂村：蹴られないように触らなきゃとか思いながら。角度をちょっとつけて触らないと、とか思いながら来たんだけど。
川島：とんでもないですよ（笑）。
穂村：でもやっぱりちょっと触ってみたくなりますよね。あの毛並とか。
川島：たてがみとか。
東：馬の毛触ってみたいですね。あれは硬いんですか？

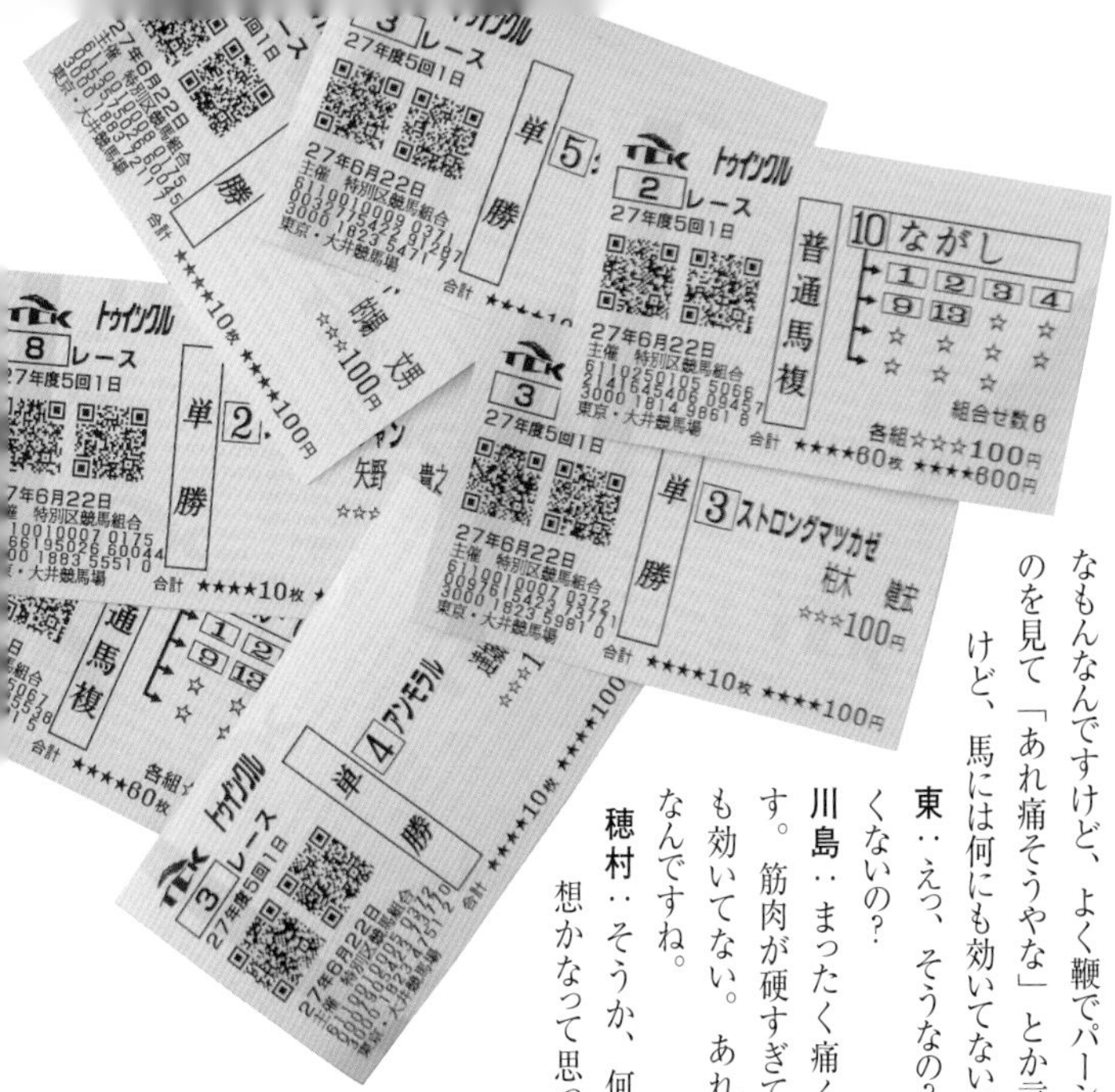

川島：がちがちの筋肉のかたまりです。

東：毛も硬い？

川島：毛も短いので、たてがみ以外は皮膚みたいなもんなんですけど、よく鞭でパーンて叩くのを見て「あれ痛そうやな」とか言いますけど、馬には何にも効いてない。

東：えっ、そうなの？　痛くないの？

川島：まったく痛くないです。筋肉が硬すぎてもう何も効いてない。あれは合図なんですね。

穂村：そうか、何か可哀想かなって思ったけど、本人は平気なんですね。

川島：全然こたえてないです。むっきむきの鉄みたいな場所を叩いているんで。

東：さっきレースを見てて、一頭がコースをぐるっと回ってきたとき、川島さんが「もうあれ鞭叩かれるからあかんなあ」とか言ってましたよね。

川島：はい、あの場合は馬が言うこと聞いてないということですね。スタートしていきなりあんな鞭で叩かれてはもうだめですね。騎手からしてみれば「ちがうぞ！」という合図です。

穂村：へえ、じゃあ理想的には一回も鞭を使わずに行くぐらいのほうがいいんですか？

川島：圧倒的に強いと鞭を使わない馬もいるんですけど、まああくまで合図なんで、でもそれをやってしまうと勝った時に手を抜く馬ができてしまうんですね。なので勝ってても気を抜くなっていうことで鞭を使う。次もっと強いところに行くからってことで。育てながら勝つと言います。

穂村：すごい、じゃあコミュニケーション能力が騎手はいるんですね。

川島：いりますね。特定のジョッキーの時にはよく走る馬もいます。

穂村：人を見るということですか。
川島：人との相性ですね。
穂村：自分の時に勝ってくれる馬がいたら、可愛いだろうなあ。
東：うん。
川島：まあ、ジョッキーの腕前もあるんですけど。外国人のジョッキーが乗ると馬は言うこと聞くんですよ。
穂村：え、そうなんですか。
川島：圧倒的に腕力が違うんです。
穂村：力の問題なんですか？
川島：力の問題ですね。繊細な技は日本人すごいんですけど、力はどうにも。手綱を引っ張る腕力が違いますから。でも日本人はスタートが一番上手いんですよね。すごい集中してどーんとできるんですけど、外国人はそれが下手なんですよ。集中ができない。
東：後で腕力でやってくんだ。
穂村：体重は軽くなきゃだめで、筋肉はなきゃだめなんだ。
川島：そうなんです。
東：日本人は小柄だから、体重的なところでは日本人の方が有利ですよね。
川島：でも外国人もめっちゃ小さいですよ（笑）。
東：あ、そうですか（笑）。騎手やる人は。
川島：うん、めちゃくちゃ小さいし。
東：そういった家系の人みたいなのがあるんですか。
川島：そうですね、そういう家系もあります。日本と一緒ですけど、フランスとかイギリスとかアメリカとか来ますから。
東：小さい外国人が。
川島：ちっちゃくて上手い人がいっぱい来ます。
穂村：今日案内してくれた人も軽そうだったね。馬に乗れそうなぐらい軽そうだった。
東：何か、全体の雰囲気が馬っぽい感じになってる（笑）。
川島：あ、でもねそれ、すごいわかるんですよ。競馬の仕事をしているとどんどん馬面になっていくんですよ。あれ、ほんま何か競馬で飯食い出すと顔が伸びてくるんですよね。
東・穂村：（笑）。
東：犬とかでも飼い主が似るのか犬が似るのかわかんないんですけど、すごく似ますよね。
穂村：ああ、そういう。

川島：こっちも寄せてきますよね、お互い。おじいさんとかが飼ってる犬が何か似るんですよ。
東：馬やってると馬っぽい感じになる。
川島：馬やってれば馬好きですし、僕は馬肉食べないですから、何かそういうことになってくるんですかね。
東：馬肉は食べない（笑）。
川島：そうですね。そんなの食べた日には一生当たらないなって思って。結構多いですね、競馬好きな人で馬肉食べないって人。験をかついで。
東：なるほど。やっぱり何だろう、ただその勝つことが、最終的には勝って嬉しいっていう快楽の最終ポイントかもしれないけど、基本的には馬のことを知っていくっていう過程が好きって感じですかね。
川島：そうですね。考える過程とか、ドラマを見てる気持ちですね。ま、勝つ人はそこ割り切って、チャンスある馬とかばさっと平気で切れるんですけど、僕らは、これは好きやった馬の息子やし、とか、娘やし、とか。
東：やっぱり二十年もやってると（笑）。
川島：もうその二代になってくる、三、四代。
東：すごい。大河ドラマみたいになってきますね、そうすると。
川島：そうなると勝てないですね（笑）。情が入ると。
穂村：やればやるほどはまりますね。時間的な蓄積がある。自分の中に色んなストーリーがどんどんできちゃう。
川島：ロマンがね、作られてしまう。騎手にもあるし。
穂村：思い入れがどんどん積み重なるんだ。
東：そうか、それがやっぱり、生き物を扱っているところの面白さかもしれないですね。
川島：そうですね、六十年続いている連続ドラマみたいな。三国志みたいな話。
穂村：ストーリーがね、大河ドラマみたいに親の仇をここで討ったみたいなね。
川島：そういうのめっちゃありますね。

お題＊鹿の角落つ

角よりも歯と欲落とせ鹿せんべいズボンに隠せば尻ごと噛まれた　川島明

川島：これは実体験ですね。大嫌いなんです、鹿。

東：そうなんですか、馬みたいなものじゃないですか（笑）。

川島：噛まれたんですよ。小学校の時に、京都なんで遠足とかで行くと奈良公園に大体行くんですよ。で、せんべいをはしゃいで買いますよね。ほなやっぱ十頭ぐらいが来るんですよ。ちょっとあげてたらだめで、めっちゃ寄ってくるから持ってないというアピールで後ろのポケットに入れたら思い切り尻を噛まれて、泣いて。こっちに入れて、持ってないよって言ったらこっからばーん！　と、思い切り逃げるぐらいの。ほんま痛かったですよ。

東：痛そう（笑）。そこにあるの、わかったんだ鹿もまた。

川島：こんな痛いんだっていう（笑）。なんやねんていう、嫌いになるぐらい食欲あるし。

東：ああ、すごいですよね。

穂村：すごいな、この歌完璧に題に忠実。しかも実体験。

東：「欲落とせ」が上手いですよね。一瞬ここだと何のことかわからないんですけど、その食欲を落とせっていうことで。でも「角よりも歯と欲落とせ」って、何か色んなものに通じるような普遍性がありますよね。

穂村：これも、その主体が鹿だってことを一言も書かずに上手く描けてますよね。角を落とすっていうところと、鹿せんべいかじるっていう。

川島：許せないすよ。鹿だけは。

東：歯を落とせって（笑）。

川島：痛いですよ、ほんとに人みたいに揃った歯をしてるんで。がっ！　て行かれたんです。

東：草食動物ですもんね。固いものを噛み砕ける。木の皮とか噛み砕けるんですよね。

川島：そうですよね。

穂村：匂いでわかったのかなあ。

川島：多分、入れてるのを見られたんでしょうか

ね。
穂村：見てたのかな。
東：そうかも。もう鹿せんべいってお金出して買った途端にうわーって来ますよね。
川島：もう、わかってますね。持った瞬間。全然可愛くないですね。
東：子供にあげてごらんって言ったら、怖いからうわーっとかって全部投げて。
穂村：怖いよ絶対（笑）。
東：かなり怖い。そんなのどかなものじゃないですよね。
川島：ちょっと、それはまだ噛まれた時も覚えてますし、すごい嫌だったんですよね。
東：じゃ、結構歯型が残っちゃった感じ？
川島：です、はい。ちょっと泣いたんですよ、僕。
東・穂村：（笑）。
川島：それくらい悔しかったです。痛いし、それを笑われてるのも悔しいし。
東：確かに、痛いのに笑われちゃいますね。
川島：いやほんま（笑）、尻噛まれるってこんな。これはもう、鹿って聞いたらこれしか思い浮かばない（笑）。
東：でも「歯と欲と」いう、普通は並列できないものを。並列させるところの凄みが感じられる気がする。
穂村：素敵な題のクリアですね。
川島：難しいですよね、これ（笑）。
東：さすがですね。短歌としてだけでなく、題のクリアの仕方もすごく上手い。しかもユーモアが（笑）。角、歯、欲。「角と歯」ってまあ硬いもので繋がっていて、で、「歯と欲」って食欲で繋がっている。微妙な三つの要素の重なり合いが面白いですね。

お題＊鹿の角落つ

美しい角があったら人間の首も飾ってもらえるだろう

穂村弘

東：剥製の、田舎のホテルとかによくあるやつですね（笑）。

穂村：これは人間だったらどうかなあって見るたびに思っちゃうんだよね。
川島：相当残酷なことをやってますよね（笑）。
東：ひどいですよね。
穂村：あれが色んな人の、人間の首だったら、とてもその部屋にはいられない。
東：ねえ。しかも壁から生えてますもんね（笑）。
穂村：それが逆に怖いんだよ。首だけっていうのが。
東：人間も。首は恐怖ですよね。何よりも怖い置き方ですよね。
川島：うん。
東：晒し首っていうのがあるからかな、日本に。でも晒し首的な発想って多分世界中にありますよね。怖い歌ですね。
川島：ああいうのって自分で撃ってるんですかね。自分で撃ってるのを飾ってるていうパターンがありますよね。魚拓やないですけど。
東：そうでしょうね。昔の西洋の貴族たちはみんな猟をやるから、その獲物の魚拓ですよね、まさに。
穂村：元々はそうなんでしょう。トロ

フィー。
川島：山小屋も飾ってますよね。肉は食べたとしても、あそこ食べれへんから。
東：うん。角だけ飾るならまだわかるけど。首ごと飾るっていう。
穂村：やっぱり角があるから飾られてる感じがある。
川島：ああ、確かに。
穂村：牝鹿は飾らないんじゃないかな。
川島：ああ、ほんとや。
東：馬も飾らないもんね。鹿だけですよね。
川島：角ありきですね。角なかったら間抜けですもんね。可愛そうだ、すごい。
東：角があることによって、何か動物的じゃなくてメカニカルな印象になる。
川島：アートみたいなものですかね。
穂村：何かアートっぽいって勝手に錯覚して、でも馬の首も嫌でしょう、やっぱりこう。
東：馬の首も生々しいですよね。
川島：絶対嫌ですね。
東：熊とかもないよね。
穂村：熊は結構全身だよね。やっぱり何かこう、白熊とか。
川島：敷物みたいなのとか（笑）。
東：そうですね。
穂村：平面になってるから。
東：首だけになって、間抜けな感じだもんね。
川島：ああ。ほんまや。
東：やっぱり鹿は首が独特の美しさがあるからだね。
川島：やっぱり角やな。
穂村：角があることでね。麒麟は飾られるんじゃない？　霊獣のほうは角あるし。
川島：えぐいなあ。確かに角あるもんねえ。

お題＊鹿の角落つ

鹿の角ぬけおちる朝こんなにも忘れてしまう心でしたか　東直子

穂村：これはまあ、鹿の角が抜け落ちるっていうことと、人間は抜け落ちるものって別に髪と歯ぐ

らいしかないわけだけど、記憶とか思い出みたいなものが抜け落ちるっていうことがダブルミーニングになっているっていう感じなんですかね。掛詞みたいに多分なっていて、東さんは寂しいことを歌うのが大好きだから。

一同：（笑）。

穂村：こういうのが多分、ナチュラルにすごく心地いい感じ。

東：そうですね、何かこう、あんなに立派に枝葉が伸びていたのがたった一年でころっと落ちるってすごいなと思って。でも恋愛感情ってものすごくむらがあるっていうか、何ていうかすごく執着する時はそのことばかり考えるぐらい、ものすごく考えるのに、いったん消えてしまうとゼロになって。鹿の角が見事に繁茂しているのがぼろっと落ちるぐらいに、ある日突然なくなる感じが。

穂村：どっちかって言うと女性じゃないのそれは。鹿の角は牡鹿の角が落ちるけど、そこまでぼろっとなくなんないけどなあ。

川島：これは多分女の人しか詠めへん歌やと思うなあ。

東：そうですか？　だってそんな感じだよね。一度すごく盛り上ったけど、そうでもなかったら「あれ、何だったんだろう？」って。この落ちている角、何だろうみたいな感じになりませんか（笑）？

穂村：思い出せないわけ、もう。

東：その角は飾らない（笑）。まあ、もういいよみ

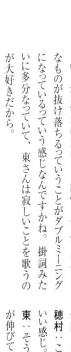

たいな。男性はその角飾ってるんだ。「俺はあの時あんな風に愛してたんだよ」みたいな（笑）。

川島：飾る。そう、何回か見直すというか。捨てることはないというか。だんだん角が短くなっていく感じかな。溶けるというか。

東：はあ、溶ける。

穂村：生々しいね。角は見えるからさ、心は見えないからいいけどさ、恋愛感情が角で、サイズで見えるんだったらどんどん小さくなってゆくのがもうこのぐらいで、最後は（笑）。

川島：女性は、次の日全部。

東：何かぽろって感じですね。あれ？っていう。夢から覚めるとはこのことかみたいな。あれ、違うのかな男の人はやっぱり。

川島：そうですね、多分。

東：男女差。例えば、恋愛だけじゃなくて何かにはまる時があるじゃないですか。マイブームで、あるタレントにはまったりとか、ある作家にはまったりとか。でもある時、もういいかなみたいなこと、ありますよね（笑）。ぽろっとね。鹿の角みたいに。

川島：ああ、それは女の人だわ、絶対。

東：そうですか？

川島：僕らもこういう仕事をしてますからファンという方がいますけど、男の人は「ファンです」って言うてくれるけど、女の人は「ファンでした」って言うパターンが。

穂村・東：（笑）。

川島：わざわざ現状を言うっていう。いいよ別にファンで！って。あー昔好きやったんですよみたいな。男の人で昔好き「でした」はないですね。応援してます、て言うてくれることが多い。

東：なるほどね、「好きでした」って言われてもね（笑）。

川島：現状を言わんでもええ。

東：でも女の子は言っちゃうかも、ファンでしたって。

川島：今はどうなん、って。

東：「卒業しました」も、勝手にね（笑）。ファンやめたんで、これあげますとかね。ヤフーオークションによく出てる（笑）。

穂村：やっぱり、角が小さくなっても残ってる間はファンだから、男性の場合は。ピーク時よりはテンションが落ちてても、「ファンです」って。

川島：女の人はもう。ゼロか百かみたいな。

東：だから失恋から立ち直るのは女の人の方が早

いんじゃないかな。
川島：早いです。切り替えてるんだと思いますよ。
東：別れたとしても、多分男の子の方が何か引きずってる。時々連絡とかしてきたりして（笑）。女が別れた彼氏にうじうじ連絡するってあんまりないですよね。
川島：女の人は切り替えますよね。
穂村：「元カレが連絡をしてきます、どういう意味でしょう」みたいな質問もよくありますよね（笑）。
東：ありますね（笑）。
川島：どういう意味もこうもないやろ、みたいな。
東：何か男の人は別れても、でもその気持ちは残ってるんではないかという夢を抱いて多分元カノに。
川島：そうですそうです。酔った勢いとかで何かやるんですけど。女の人は番号変えてたり。
東：何？　みたいな感じで。鹿の角だから（笑）。
川島：ほんとそう。ほんと鹿の角。
穂村：「ごめん無理」って言われたくないよね。
一同：（笑）。
東：悲しい（笑）。でも言いそう。

川島：そういうの、すぐに彼氏作ってるイメージがある。
東：面白いですね。
穂村：角から意外な話に。
川島：角から乙女心に。
東：そっか、男女間の差があったんだ。これは男性には共感して頂けなかった。
川島：いや、女の人の歌だなと思った。
穂村：自分で自分のことをこう言ってるんじゃ、もうしょうがないよなあ。こんなにも忘れてしまうとか。
一同：（笑）。
穂村：鹿もびっくりしてるのかな。自分の角がぽとっとある日こう何か落ちて。えー？　みたいな。
東：そう。ものすごく好きだったその心の風景は覚えてて、ずっと好きだった時はその人のことを考えているのに、はっと気づくと本当にどうでもいい気持ちになっている。この感情は何だろうって（笑）。
穂村：上手く行っていた時の俺たちとか、話したりするよね。男の人は。何とか気持ちを引き戻そうとして。「あの時さあ」とか言って、ピーク時のきらきらした感覚をもう一度。そして絶対失敗するよね。
東：（笑）。
穂村：ものすごい素っ気無い反応だよね。
川島：「うん」ぐらいの（笑）。
東：そうだよね。離婚する時も男の人が辛そうだもんね。
川島：辛いっていいますよ。
東：そっか。だから男の人もまあ、鹿の角みたいなものだと思っていただければ（笑）。
穂村：そんなぽとっと落ちる（笑）。
川島：また一年経ったら生えてるっていう。
東：生えてるんですよ（笑）。簡単に生えちゃう。
穂村：じゃあ逆に女性は、もう興味ないって言われても納得ができるんだ。
東：そりゃその時はまだ興味を持ってたらすごいショックだけど、生えてたけど、まあ月日がそれを緩ませてぽろっと。あっ、すっきりしたみたいな（笑）。
穂村：男の人は色んなものをずるずる引きずりながらそれなりに暮らしていけるという。
東：考えはいったん捨てると。角のように。
川島：ああ。どうかしてたとか。

穂村：どうかしてた。別人のように自分のことをいう。

川島：あの時何か取り付かれてたみたいなのね。

東：そうそうそう。

川島：今の自分が正義なんだよね。

（編集：男性は競馬新聞を読むようにデータを蓄積できますね。）

穂村：そうだね。脳内大河ロマンみたいな。

東：データ蓄積するのは男性の方が好きですよね。

川島：データというか、過去が好きですね。男は過去が好きやから、歴史とかそういうのが好きで、女の人は未来が好きやから占いが好きやて聞いたことが。

東：未来は好きかもしれない。古本とか男の人は好きだけど。

川島：全然興味ないですよね、普通。女の人は古本とか歴史。

東：興味ないことはないけど、そんな蓄積しようとか、コレクションしようとかいう気があんまりないですね。

川島：そうそうコレクションも男の。自分の今までのコレクションとかかっこいいですからね。

東：うん。綺麗に並べますよね（笑）。

穂村：死ぬ前に歴代の彼女に枕元に来てほしいぐらいの感じか。

川島・東：（笑）。

穂村：これ、活字化しないで下さい（笑）。

東：でも男の人の書いたものって、そういうのありますよね。昔の彼女たちが現れて、若い時の姿のまま今まで有難うみたいに言うの。何かなかったっけ？

穂村：完全に僾い願望だよね。

東：ということで、ちょうど時間。予定通りですね。

穂村：いやあ、素晴らしかったですね。

東：川島さん、本当上手いですね。

穂村：とても初めてとは思えない。

川島：いや、全然わからんまま（笑）。

（編集：短歌を作られてみていかがでしたか？）

川島：いや、無理ですね！

東：でも川島さん、すごい勢いで書いてましたよね、最初から。

川島：いやいやいやいや。何かワードだけばーっと打って。

東：あ、ワードだけ。

川島：やっぱ、どっか根本におもろさとあるあるは入れたいという。仕事柄。そんな今までやってきたっていうことを。でもルールがね！　すごいむずいですけど、なかったら何か軍資金という言葉も出なかったと思うし。文字数っていうのがなかったら、有り金とか、経済論とかを使ってしまってたかもしれないですけれども。ここがずっと決まらんかったんで、ああ軍資金って言うなって思って。それが入ったときはすごく嬉しかった。

穂村：軍資金がすごくいいですよね。

東：言葉のセンスがいいですよね。

川島：気持ちよかったですけど。

東：言葉の並べ方がやっぱりセンスがあって、角よりも歯と欲という並べ方（笑）、これ普通なかなかできないですよね。もっと印象的になっちゃう。

穂村：すごく鍛えられているんだろうねえ。やっぱりね。

東：大喜利とかよくされてるんですよね。

川島：ああ、そうですね、はい。

穂村：よくできるよね、あんなの（笑）。

川島：いやいやわからないですよ、あれも正解ないまま。あれこそ何も、文字数も制限なくて、絵も入ってくるという。

東：あ、すごい絵も上手で。私買いましたよ、LINEの川島さんが描いたスタンプ。

川島：ああ、マジですか？　有難うございます。わざわざそんな、申し訳ない。

東：すごい可愛いんですよ。「うつむきくん」。いつもうつむいているんです（笑）。

穂村：へえ。

川島：絵も、はい、趣味でずっと描いてますね。好きですね。

東：色々競馬のこともすっかり教えて頂いたし。

川島：いえいえ（笑）もっとほんとは教えたいんですけど。

穂村：百円からやれるっていうのは危険ですよね、あれ。

東：敷居が低いからね。百円が千円に、千円が一万円になり。

川島：そうですね。極端な話、千二百円あったら六時間遊べますんで。一個百円で十二レース。

東：そうね、それもいいよね。

川島：それでいいんですよね。千二百円であんな楽しめるというのも。

穂村・東：ありがとうございました。

川島：ありがとうございました。勉強になりました。

二〇一五年六月二二日〔大井競馬場〕

ゲスト紹介

川島 明（かわしま・あきら）

一九九七年NSC大阪校20期生。一九九九年、田村裕とともに、漫才コンビ・麒麟を結成。「M―1グランプリ2001」で第五位入賞を果たす。二〇〇二年、「ABCお笑い新人グランプリ」で優秀新人賞を獲得。二〇〇四年「上方お笑い大賞」で最優秀新人賞を受賞し、若手芸人として幅広く活躍中。ドラマ「大グータンヌーボ　恋する女たち勢ぞろい」、「24時間あたためますか?~疾風怒涛コンビ二伝~」に出演し、映画「パンティストッキングダイナマイト」では監督・出演に挑戦している。現在は、「ルミネtheよしもと」で公演に出演中。趣味はイラスト、ゲーム。

あとがき

目の前の風景や出来事をただ眺めているのと、そこから短歌を作ろうと思いながら見るのとでは感覚が違ってきます。自分が〈今ここ〉にいることの意味が変わってくる、とでも云えばいいのでしょうか。短歌の狩人モードになっていると、普段よりもどこか意識がぼんやりして、誰かに話しかけられてもすぐに返事ができなかったりします。傍目からは上の空に見えるかもしれません。でも、その時、本当は〈今ここ〉で見ているもの聞いているものの奥になんとか潜り込もうともがいているのです。体は紛れもなく〈今ここ〉にいるのに、心は必死に〈今ここ〉を捉えようとする。そんな不思議な感覚です。

『短歌遠足帖』の企画は、長年の友人である歌人の東直子さんとふらんす堂の山岡有以子さんと一緒に考えました。第一回のゲストは歌人の岡井隆さんにお願いしました。短歌採集の目的地は吉祥寺の井の頭自然文化園です。ゾウ、サル、ミミズク、ヤマアラシ……、さまざまな動物を見て、なんとかそれを表現しようとしてもなかなかうまくいきません。〈今ここ〉で見ているはずのものに心が跳ね返されてしまう。だんだん焦りが募ってきます。

その時、不意に岡井隆さんの呟きが耳に入りました。「我々はどっちから来たんだ。これからどっちへ行くんだ。あっちですか」。動物園って順路があるようでないというか、自分の興味に従って勝手に動いてしまうので、途中で方向がわからなくなりがちです。たぶん、岡井さんも一瞬混乱して、そう呟かれたのでしょう。でも、その言葉は不思議な象徴性を帯びて聞こえました。「我々」がその日のメンバーのことではなく、もっと大きな何か、例えば「人類」のことを指しているように感じられたのです。私はゴーギャンの絵画の題名「我々はどこから来たのか　我々は何者か　我々はどこへ行くのか」を連想しました。

その理由は、たぶん三つあると思います。一つ目は、そこが動物園だったこと。動物園とはさまざまな動物たちを一か所に集めて人間が眺めるという、考えようによっては異様な空間です。檻の内側と外側では決定的に世界が違っている。狭い檻の内側では道に迷うこともできない。そして檻の外側にいる「我々」とは、すなわち「人類」に限定されているのです。

二つ目は、その日が二〇一二年の一月だったこと。東日本大震災の発生からまだ一年も経っていなかったのです。東北どころか東京からでさえ放射能を怖れて脱出する人がいました。一見のどかな動物園を歩いていても、実のところ、どこがどれくらい安全なのか誰にも判断がつかない。そんな空気の中、一人一人の心には自然と科学と人間の在り方についての生々しい混乱がありました。「我々はどっちから来たんだ。これからどっちへ行くんだ。あっちですか」という言葉は、その迷いと重なって聞こえたのです。

三つ目は、それを口にしたのが岡井隆さんだったこと。岡井さんは、当時八十四歳。人間の主体性と運命について考え抜き、詠い続けてきた巨匠です。表情や声の響きにも自然とその重みが滲んでいました。仮に同じ言葉を私が云っても、普通に方向音痴の人という印象だったでしょう。

以上の理由づけはすべて後から考えたことで、その場ではただ「！」という感触があっただけでした。私は咄嗟に岡井さんの言葉をメモして、一首の形に整えました。〈「どっちからきたんだ、これからどこへゆく、あっちですか」と動物園で〉。そのまんまですね。動物園の吟行なのに動物たちではなく我々の歌になりました。

〈今ここ〉に跳ね返されていたのに、思いがけないところから〈今ここ〉が飛びこんでくる。短歌を作ることはそんな体験の連続です。何度やっても予測がつきません。人間が動物園という施設を作るに至るまでの時間、原子力を利用するに至るまでの時間、岡井隆さんが生れてから八十四歳になるまでの時間、人類が言葉を獲得するまでの時間、朝起きてから動物園に来るまでの時間……。〈今ここ〉とは単なる時空間の一点ではなく、無数の〈かつてあそこ〉たちによって何重にも包まれているのかもしれない。そんなことを思いました。

岡井隆さん、朝吹真理子さん、藤田貴大さん、萩尾望都さん、川島明さん、どうもありがとうございました。短歌を作るのは初めてという方が多かったけど、さすがにみなさん一流の表現者ばかり、それぞれの感覚を生かした素晴らしい作品を見せてくださいました。それを互いに読み合う時間も楽しかったです。本書を手にされた方にも、みんなで遊びながら大きな何かに触れているような、不思議な時間を共有していただければ嬉しいです。

二〇二〇年五月

穂村　弘

著者略歴

穂村　弘（ほむら・ひろし）
歌人。一九六二年北海道生まれ。一九九〇年歌集『シンジケート』でデビュー。その後、詩歌のみならず、評論、エッセイ、絵本、翻訳など幅広いジャンルで活躍中。二〇〇八年『短歌の友人』で第十九回伊藤整文学賞、一七年『鳥肌が』で第三十三回講談社エッセイ賞、一八年『水中翼船炎上中』で第二十三回若山牧水賞を受賞。著書に、歌集『手紙魔まみ、夏の引越し（ウサギ連れ）』『ラインマーカーズ』、エッセイ集『世界音痴』『にょっ記』『絶叫委員会』『ぼくの短歌ノート』『整形前夜』『君がいない夜のごはん』など多数。近刊に『図書館の外は嵐　穂村弘の読書日記』がある。

東　直子（ひがし・なおこ）
歌人、作家。一九六三年広島県生まれ。一九九六年『草かんむりの訪問者』で第七回歌壇賞、二〇一六年『いとの森の家』で第三十一回坪田譲治文学賞を受賞。歌集に『春原さんのリコーダー』『青卵』『十階』、小説に『とりつくしま』『薬屋のタバサ』『晴れ女の耳』『階段にパレット』、エッセイ集に『千年ごはん』『七つ空、二つ水』『愛のうた』、入門書に『短歌の不思議』『短歌の詰め合わせ』、絵本に『あめ　ぽぽぽ』『キャベツちゃんのワンピース』、児童書に『そらのかんちゃん、ちていのコロちゃん』『くまのこのるうくんとおばけのこ』など著書多数。

短歌遠足帖

二〇二一年二月二八日 第一刷
定価＝本体一六〇〇円＋税

●著者――東直子・穂村弘
●発行者――山岡喜美子
●発行所――ふらんす堂
〒一八二―〇〇〇二東京都調布市仙川町一―一五―三八―二F
TEL 〇三・三三二六・九〇六一　FAX 〇三・三三二六・六九一九
ホームページ http://furansudo.com/　E-mail info@furansudo.com
●撮影――各務あゆみ・深澤慎平
●装幀――和　兎
●印刷――日本ハイコム株式会社
●製本――日本ハイコム株式会社
落丁・乱丁本はお取替えいたします。
ISBN978-4-7814-1362-4 C0095　¥1600E